余命88日の僕が、同じ日に死ぬ君と出会った話

森田碧

ポプラ文庫ピュアフル

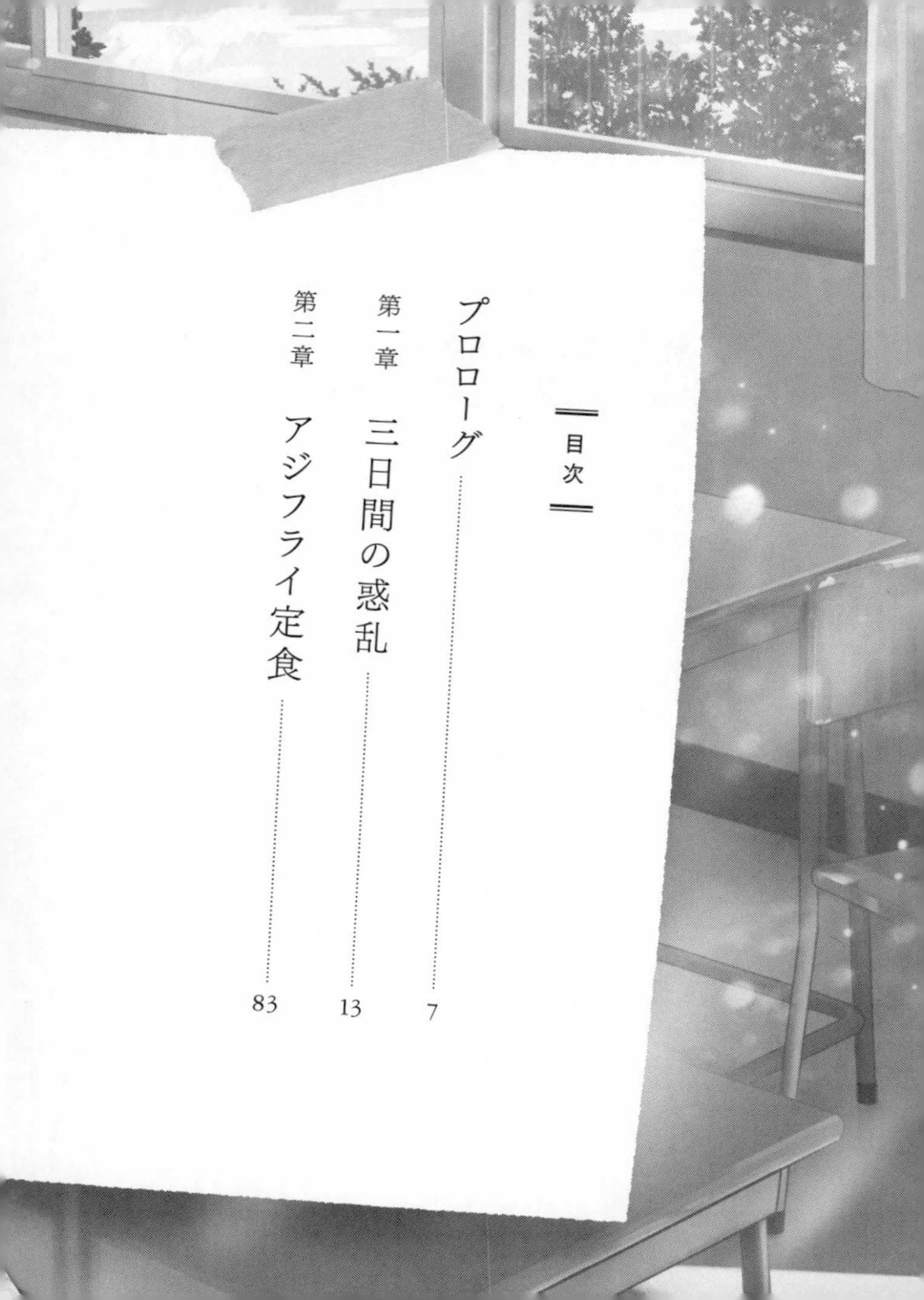

目次

プロローグ……7
第一章　三日間の惑乱……13
第二章　アジフライ定食……83

第三章　命の光　171

第四章　終わりを告げるオルゴール　223

エピローグ　255

あとがき　278

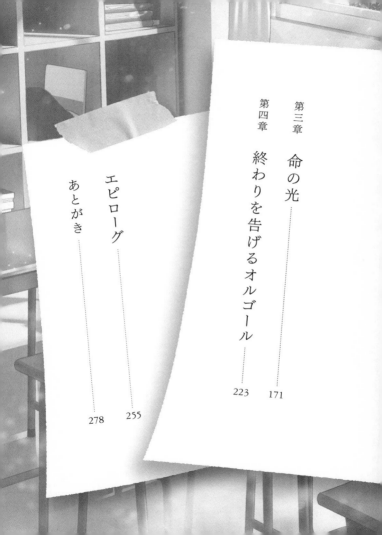

余命88日の僕が、同じ日に死ぬ君と出会った話

プロローグ

死神から凶報が届いたのは、彼にメッセージを送ってからおよそ二週間後のことだった。彼、なんて呼んでいるけれど、もしかすると彼女かもしれないし、死神なのだからそもそも性別はないのかもしれない。いや、今はそんなことはどうだっていい。大事なのは、その死神なる人物からの返信内容だ。そこに書いてあることが事実であるならば、どうやら俺はあと八十八日の命らしい。

文面には、『この写真を撮った日から数えて八十八日後』とあるから、正確には残り二ヶ月と少し。ただのいたずらだと片づけることができなかったのは、この死神――ゼンゼンマンと名乗る人物の予言的中率は、某まとめサイトによると百パーセントという驚異的な数字を叩き出していたからというほかない。

ゼンゼンマンとは、ドイツ語で死神を意味する言葉らしい。俺がドイツ語に精通しているわけではなくて、それも件《くだん》のまとめサイトに記載されていた。

ツイッターのフォロワー数は十万人以上。彼は過去に有名人の死を何度も的中させ、一時SNS界隈を騒然とさせた。興味本位で俺もゼンゼンマンのアカウントをフォローし、画面越しに傍観していたひとりだった。

『私はすべての人の寿命が見えるわけではありません。死期が近い人がわかるだけです。頭上が見えるように写真を送ってもらえれば、寿命が見えた人にだけ返信します。顔は隠しても構いません』

そう綴られたツイートを目にしたが、くだらないと一笑に付して画面をスクロールした。

それでも数日後に写真を送ってしまったのは、好奇心に負けたとしか言いようがない。もうひとつ理由を挙げるとするなら、先月行われた文化祭のときクラス全員で撮った写真が俺の携帯に送られてきたから、とするのはいささかこじつけが過ぎるだろうか。

文化祭が終わったあと、お調子者の生徒が黒板付近にクラスメイトを集め、担任に携帯を預けて写真を撮ってもらったのだ。

それが後日俺のもとに届き、ふとゼンマンを思い出してクラスの中でもうすぐ死ぬやつがいたら面白いな、くらいの軽い気持ちで写真を添付してメッセージを送ったのが事の発端だ。

それがまさか、である。

でも俺は、幸いにも、「自分がいつ死ぬかなんて知らなきゃよかった」というおそらく多くの人が抱くであろう絶望感に苛まれることはなかった。俺には将来の夢もなければ人生の設計図もない。そこそこの大学に進学し、それなりの給料をもらえる会社に就職できればいいとしか考えていなかった。

人は遅かれ早かれ皆平等に死ぬ。俺の場合はただほかの人より少し早かっただけ。

むしろ死ぬことが決定しているなら早い方がよっぽどいいとさえ思っていた。

間違いなく俺は、この世界に爪痕を残せるような人間にはなれない。勉強はあんまりだし、なにかの分野で他者と比較して突出した才能があるわけでもなかった。

友達は少ないし、誰にも相談できない深刻な悩みも抱えている。まだ若いからこれからだと自分を宥める気にもなれず、割と早い段階で俺は人生に見切りをつけていた。

だから八十八日後に死ぬと言われても、とりわけ不都合でもなければ錯乱することもなかった。でも、腑に落ちない点がなかったと言えば嘘になる。

ゼンゼンマンの返信には、俺ともうひとりの生徒の寿命についても明記されていたのだ。

『前列の右から二番目の方と、前から三列目の左端にいる方がこの写真を撮った日から数えて八十八日後に死にます』

前列の右から二番目の、無表情で明後日の方向を見ている生徒は紛れもなく俺だ。

そして三列目の左端の女子生徒。たしかクラス委員の浅海《あさみ》……下の名前は忘れてしまった。首元でまっすぐに切りそろえられた綺麗なショートボブが印象的な彼女は、顔を綻ばせて目一杯のピースサインをつくっていた。

俺とはまったく接点のない彼女が、なぜ俺と同じ日に死ぬ運命なのか。

べつに死ぬことは怖くないけれど、自分の死因だけはあらかじめ把握しておきたかった。俺と同じ日に死ぬ彼女のことを調べれば、もしかしたらなにか摑《つか》めるかもしれない。

その日から俺は、ろくに話したこともないクラスメイトについて調べることにした。

第一章

三日間の惑乱

自分の終わりの日が見えたからといって、俺を取り巻く世界は数日経った今も依然として変化を遂げることはなかった。

外の景色がいつもとはちがって見えたり、これまで空費してきた日々を悔んだり、一分一秒を大切に生きたり。余命を宣告されたのだから俺の中でこれまで存在しなかった感情が芽生えたりするのだろうかとも思ったが、そんなありがちな心境の変化は俺には訪れなかった。

変わったところを強いて挙げるなら、全教科で板書をノートに書き写すのを一切やめたことだろうか。来週の中間試験と、再来月に行われる期末試験の心配をしなくてもいいのは、唯一の救いと言えるかもしれなかった。

ノートには板書の代わりに、とある女子生徒の情報がまとめてある。

窓側の一番前の席に座っている、ちょうど今大きな欠伸をした女子だ。

彼女の名前は浅海莉奈《りな》。ここ数日調べた情報によると彼女は帰宅部で、バイトもしていない。バス通学で登校時間は俺よりも早く、下校時間は日によって疎ら。友達は多く、勉強は苦手らしいが夏休みの補習には彼女の姿はなかったのでおそらく俺よりは上だろう。中学の頃は野球部のマネージャーをやっていたそうだ。なんでも想いを寄せる先輩が野球部にいたそうで、けれどその恋は実ることなく散ったらしい。

決して彼女がモテないからではなく、気づいたときには彼に恋人がいたのだとか。

友人は、浅海莉奈はクラスで一番かわいいと断言していたので、男子からの人気は割と手堅い。あくまで俺の印象だけれど、傍から見ている限り女子からも好かれていて敵は皆無。順風満帆な高校生活を送っていて、一見すると死の匂いは一切感じ取れない。だがノートの次のページをめくると、その印象は覆る。

ページを一枚めくったとき、その日の授業の終わりを告げるチャイムが鳴り響き、俺の手は止まる。小さくため息をつき、すばやくノートを鞄に入れた。

「崎本《さきもと》くん崎本くん。今日の情報は二百円だけど、どうする？」

席を立とうと腰を浮かせると、隣の席の関川《せきかわ》が半笑いで聞いてくる。小太りで眼鏡をかけているけれど決してダサいわけではなく、ダイエットをして眼鏡を外せばモテるタイプであろう、そこそこイケてる男子だ。

いつも授業中に少年漫画を読んでいることが多い彼だが、成績はクラス一位。男女問わず誰にでも声をかけ、すぐに打ち解ける。俺にはないものをたくさん兼ね備えている生徒だ。

十月に入り、大半の生徒は衣替えを済ませてブレザーを着ているが、彼はまだ夏服のままだった。

「いつもより高くないか？　うーん、二百円かぁ……。よしわかった。買うよ」

「おし！　毎度！」

渋々財布から百円玉を二枚取り出し、関川が差し出している右の手のひらに載せた。

彼は浅海と同じ中学出身で、俺のノートに記載してある彼女の情報はすべて、関川から有料で入手したものだった。

彼とは一年のときから同じクラスだったが、元々仲がいいわけではなかった。まさかこんなにせこいやつだなんて知らなかった。けれどこの厳しい世の中を生き抜いていくには、彼のような貪欲さが必要なのかもしれない。

「よし、じゃあ教えてやろう。ちょっと耳貸して」

片手で口元を隠すように覆った関川に、俺は右耳を寄せる。

「浅海のやつ……処女らしいよ」

ぜったい言うなよ、とにやけて唾を飛ばす関川を尻目に俺は席を立つ。やっぱり、二百円払うんじゃなかったと後悔しながら。

今までで一番高額だったからと期待した俺が馬鹿だった。いつもは大体百円で、二番目に高かったのは浅海のその日の下着の色で、風が強い日の登校中に偶然見えたのだと関川は鼻息を荒くして言った。俺にとってはどうでもいい情報だったが、それは百八十円も取られた。

一種のカツアゲだとも思うが、浅海のことを聞くには彼以外に適任者がいないのだ。一応口止め料も兼ねているのだから文句も言えない。浅海のことを嗅ぎまわっているとクラス中に知られたら、あらぬ疑いをかけられてしまうから。

最初は関川に浅海のことを聞くべきか、躊躇《ためら》った。俺が浅海に好意を抱いているなどと誤解を与えてしまう恐れがあるからだ。しかし、ひとりでは調べようもなかった。こいつになら誤解されてもいいか、と開き直って浅海のことを聞いてみると、揶揄《からか》うことなくすんなり教えてくれた。しっかりと金は取られているのだが。

たぶん、彼は金さえ手に入ればあとはどうでもいいのだろう。

教室を出て昇降口に向かうと、浅海が靴を履き替えていた。靴箱に上靴を押しこめると、彼女は友人たちと一緒に外へ出る。

俺は少しの距離を保ち、彼女らのあとを追っていく。いつもは自転車通学だが、今日は尾行しようと思ってバスで登校していた。

しつこいようだが、俺は自分が死ぬことについてはすでに受け入れている。とにかく死因が気になっており、自分がどんな最期を遂げるのか知りたかった。

ゼンゼンマンは情報伝達の基本的な要素である5W1Hのうち、半分しか俺に教えてくれなかった。

いつ、どこで、誰が、なにを、なぜ、どのように。現時点で判明していることは、俺と浅海が七十一日後の十二月十五日に死ぬということだけ。どこで、なぜ、どのようにの三つが抜けている。

『死因を教えてください』とメッセージを送ったが、いまだに返事は来ない。

ここ数日自分なりに考えてはみたものの、どのように俺は死ぬのか、皆目見当がつかなかった。病を患っているわけではないし、誰かの恨みを買った覚えもない。わずかに希死念慮を抱いてはいるけれど、今のところ自ら命を絶つ予定はないので、そうなると消去法で事故死だろうか。

俺の死因を特定するには、やはり同じ日に死ぬという浅海莉奈を探るのが最善策だと考え、こうして彼女を尾行しているのだった。

浅海は友人たちと別れ、バス停の列に並んだ。俺はバスを待つ人が増えてからなに食わぬ顔で列に並び、携帯をいじりながらバスの到着を待った。

どこか寄り道をしてから帰宅するのか、それともまっすぐに帰宅するのか。ふと我に返り、俺はなにをやっているんだろうと自分に呆れたタイミングでバスがやってきた。

今さら引き返すわけにもいかず、仕方なくステップに足をかける。浅海に気づかれないように俯きがちに通路を歩き、空いている後方の座席に腰掛けた。浅海は前方でバスの揺れに身を委ね、じっと窓の外を眺めていた。

浅海が降車ボタンを押したのは乗車してから数分後。関川に彼女が住んでいる大体の場所は聞いていた（これは百五十円だった）が、降りるにはまだ早いはずだ。どこかに寄り道するのだろうか。俺も彼女に続いてバスを降りる。

　そこは市立病院前のバス停だった。浅海は俺に気づく様子もなく、迷いなく病院の出入口の方へ歩を進める。俺は鞄の中からノートを取り出し、彼女について綴られているページを開く。

　関川から八十円で買った情報によると、浅海は昔から病弱で頻繁に通院しているらしかった。どんな病気かは知らないけれど、昨年は二ヶ月ほど入院していて留年ギリギリだったという。

　裏を取るつもりはなかったけれど、彼女の行動をみるにどうやらその話は真実のようだ。そうなると彼女の死因は病死だろうか。さすがに病院の中までついていくのは躊躇われ、降りたばかりだが再びバス停に並んだ。

　今まで特に気にしていなかったので失念していたが、振り返ってみると浅海はよく体育の授業を見学していた気もする。

　普段から彼女を観察しているわけではないので断言はできないけれど、あと二ヶ月ちょっとで病死するような人間にはとても見えない。もう少し探りを入れる必要がありそうだが、こうやってこそこそ女の子を尾行したり、情報を買ったりというのはもうあまりしたくはなかった。

　正攻法と言えるか微妙なところだけれど、本来であれば彼女と仲良くなって事情を聞き出すのが一番だ。が、俺にはどうしてもそれができない理由があった。

ちょうどそのとき、携帯が着信を告げた。バスを降りて間もなく自宅が見えてくるというタイミングで、画面に視線を落とすと『父』と表示されている。

「もしもし」

「あ、悪い光《ひかる》。今日残業で遅くなるから、飯いらないわ」

「そっか、わかった」

ほんの十秒足らずで電話を切り、携帯をポケットにしまう。まだ自宅まで距離はあったが、反対のポケットから家の鍵を取り出して左の手の中に収めた。

中学一年の秋頃、親が離婚してから父とふたりで暮らしている。一軒家にふたりというのは少し寂しい気もするが、母と離婚してくれてよかったと心の底から思う。あのまま三人で暮らしていたら、きっと俺はもっと早く死んでいたにちがいないから。

鍵を開けて誰もいない自宅へ入る。「ただいま」とぼそりと呟いても、返ってくるのは静寂だけで余計に寂しくなった。今日はカレーにしようと思っていたけれど、父の分を用意しなくていいのならカップラーメンで済ませることにする。

両親が離婚してから家事は俺が担当している。最初は苦戦した料理も、今となっては大抵のものはレシピを見なくてもつくれるようになった。

離婚の原因は母による父へのＤＶ、それから俺に対する虐待やネグレクトだった。

世間一般ではＤＶと言えば男性から女性へ、という認識が強いと思うが、うちの場合は逆だった。が、弁護士の話では決して珍しいことではないらしい。

特に多かったのは精神的な暴力で、身体的なものもなくはなかったが、どちらかと言えば前者の方が辛かった。

母は看護師で中小企業の平社員である父よりも収入が多く、うちは昔から女性優位の家庭だったのだ。元来気の弱い父は母に頭が上がらず、母は職業柄ストレスが溜まりやすいのか家にいるときはいつも機嫌が悪かった。

俺に対する暴言がとりわけ酷く、テストの成績が悪かったり、帰りが少し遅くなったり、とにかく母の気に障ることをすれば罵られる。少しでも反論しようものなら手が出るし、あの頃の俺は日々怯えながら過ごしていた。

「お前みたいな頭の悪い子どもは、私の子じゃない」

「生きる価値ないね、あんた」

「どうせあんたも父親みたいな能なしにしかなれないのよ」

そんな言葉を浴びせられて俺は育った。母の言うように、本当に俺は生きる価値がなく将来はまともな大人になれないのだと信じ、子どもながらに深く傷ついた。友達と遊びに行きたくても部屋に閉じこめられて強制的に勉強させられたり、またある日は俺のご飯を用意してくれなかったりと、散々な毎日で病んだことも多々あった。

放課後は家に帰りたくないと何度も思ったし、母が仕事から帰ってくる時間になるとストレスと恐怖で嘔吐したこともある。

やがて俺は、母からの虐待の影響で女性恐怖症になってしまったのだった。両親が離婚した今も、俺は女という生き物が怖い。

中学のときは特に酷く、クラスの女子に話しかけられると大量に発汗し、挙動不審になってまともに会話すらできなかった。肩に触れられたときに思わず突き飛ばしてしまい、クラス中の女子を敵に回したこともある。

当時、唯一仲のいい男友達にだけ女性恐怖症のことを話していて、彼が必死に弁明してくれたが逆効果となり、恐怖症を面白がって揶揄われるようになった。

高校は男子校に通いたかったが近場にはなくて断念した。俺が生きることにあまり積極的ではない理由の大半は、その恐怖症が原因と言える。

以前、俺は女性恐怖症についてネットで調べたことがある。主な原因は女子からのいじめや恋人の裏切り行為、そして俺のように母親からの虐待など、人によってさまざまだった。

中学時代の友人に克服しようと背中を押され、一度だけ男女四人で遊びに行ったことがあった。しかし俺は耐えきれなくなって、三十分も経たないうちに無断で立ち去った。

女性を好きになることなどないと思っているし、恋なんて興味もない。ただ女性恐怖症に関しては生きていく上では当然克服するべきだと思っていたが、なかなかうまくいかずに今に至っている。

だから俺は浅海莉奈を知るために関川に対価を支払い、こんなに回りくどいやり方で情報収集していたのだった。

翌週の月曜日から、二学期の中間試験が行われた。いつもなら試験の一週間前から赤点を取らない程度にテスト対策を講じていたが、今回は手をつけなかった。

ゼンゼンマンの予言的中率は百パーセントとはいえ、それはあくまで公表している予言に限ってのことだ。俺や浅海のような一般人にもおそらく余命宣告をしていると思うけれど、非公表の的中率までは調べきれない。もし死ななければ勉強しなかったことを悔むかもしれないが、それは大した問題ではなかった。

俺は、いずれは死のうと考えていたのだ。不慮の事故やじわじわと病に蝕まれて苦しんで死ぬより、この日と決めて自らの意思で人生に終止符を打ちたいと思っていた。そのときはなるべく苦しまない方法で、誰にも迷惑をかけることなくひっそりと逝こうと。

だからもし予言が外れたとしても、ほんの少し寿命が延びるだけの話でどちらに転んでも構わないと思った。

「あ、崎本くん。今日は百五十円の情報を仕入れたんだけど、買うかい？」

その日の試験が終わって帰り支度をしていると、関川がにっこりと笑って親指と人差し指で輪をつくり、聞いてきた。

俺は一瞬迷ったのち、「百二十円に負けてくれ」と値切った。

今回だけだよ、と渋い顔をする関川に百二十円を支払うと、彼はそっと耳打ちしてくる。

「浅海の好きなタイプは……真面目な人らしいよ」

そう言って関川は満足そうに頷き、教室を出ていく。薄々勘づいていたけれど、おそらく彼は俺が浅海に好意を抱いていて、彼女のことを知るために情報を買っていると勘違いしている。だから浅海の好きなタイプだとか、下着の色や処女であるだとか俗っぽい話は値段を高く設定しているのだ。

彼が勘違いするのは無理もないが、今度からは安いものだけ買い取ることにしようと心に決めて、俺も教室を出る。そもそもどこ情報だよ、とぶつぶつ文句を垂れながら。

今日は朝から大雨が降っていたため、バスで下校する。多少の雨なら自転車で登校するのだが、この日は台風の影響で雨足が強くて諦めた。

　バス停にはすでにたくさんの生徒が並んでいて、俺は存在を消して最後尾についた。前方に目を向けると、浅海がひとりで並んでいる。

　俺と彼女はまるっきり接点がないわけではなく、彼女が寄り道をせず、なおかつ雨の日だけという条件付きで一緒のバスに乗ることが何度かあった。ただ、俺の持つ恐怖症のせいで話したことは一度もない。いつもなるべく彼女から遠い席に座るようにしているため、向こうから話しかけてきたこともなかった。

　数分後にやってきたバスに乗りこみ、吊革に摑まるとバスは重たそうに車体をゆっくり発車させる。その直後、背後から届いた声に俺の体は硬直した。

「崎本くん。ここ、座れるよ」

　のろのろと発車したバスよりも緩慢な動きで振り返ると、浅海がにこりと笑ってふたり掛けのシートの隣の空席をぽんぽん、と叩いていた。

　一瞬だけ目が合い、すぐに視線を逸らす。彼女に話しかけられたのだと思うと、全身からぶわっと汗がにじみ出てきた。

「座らないの？」と彼女は追い打ちをかけるように聞いてくる。予想もしていなかった事態に戸惑い、とっさに声が出てこない。

「あ……いや……」

「ん？」

「その……大丈夫……です」

蚊の鳴くような声で告げると、浅海は「そっか」とだけ呟いて、イヤホンを耳に挿した。

ちらりと彼女の顔を盗み見てから再び背を向けて吊革を握り直し、深く息をついた。胸に手を当てなくても心臓の鼓動が加速しているのがわかる。吊革を持つ手が汗で滑り、もう一度しっかりと握り直す。反対の手でポケットからハンカチを取り出し、額の汗を拭う。

中学の頃と比べると幾分ましにはなったけれど、女子と言葉を交わすと決まってこうなる。浅海は母のように俺を侮蔑したり、暴力を振るったりしないことなど当然わかっている。それでも相手が女性というだけで体はこうやって拒絶反応を示すのだ。

女性恐怖症は人によって症状がさまざまらしく、俺の場合は発汗が酷かった。数年前までは発汗に加え手足の震えやパニック状態に陥るなど、日常生活に支障を来すほどだった。今は症状は軽くなったものの、完全に克服するのはたぶん無理だと思っている。

汗が引いてきた頃に窓の外に目を向けると、バスは浅海が通院している病院の停留所を通過していた。浅海は今日は病院に寄らないらしく、イヤホンを挿したまま外の景色を眺めている。

いくらか車内が空いてきたので、俺は前方の空席に腰掛けた。

「じゃあね崎本くん」

「うわっ」

「あはは。驚きすぎ！」

うとうとしていると背後から浅海に肩を叩かれ、ビクッと体が跳ねた。バスは駅前に停車していて、どうやら浅海は降りるついでに俺の肩を叩いたらしい。

俺の反応がそんなに可笑しかったのか、彼女は「ナイスリアクション！」と俺を指さし、けらけらと笑いながらステップを降りていった。

引いていた汗が再び波のように押し寄せ、俺の体を瞬く間に濡らしていく。今日は車内が混雑していたせいで浅海の射程圏内に入ってしまったのがまずかった。いじりがいのあるクラスメイトとして認識されたら厄介なことになる。そうならないことを願いながら、俺は湿ったハンカチで汗を拭う。

バスが発車してから窓の外に目を向けると、浅海が俺に手を振っている姿が見えた。

そういえば明日の天気も雨だった気がする。明日は土砂降りでも自転車で学校へ行こうと決意して、頬を伝った汗をハンカチで拭き取った。

帰宅して湿ったワイシャツを脱ぎ捨て、部屋着に着替えてひと息ついた。まさか浅海に話しかけられるとは思わなくて、今思い出しただけでもまた汗が出てくる。

シャワーを浴びようと浴室へ向かうと、携帯がメッセージを受信した。

『今日優子《ゆうこ》さんとご飯食べて帰るから、晩飯はいらないよ』

父から届いたメッセージに既読だけつけて携帯をポケットに入れた。優子さんは、一年ほど前から父と交際している女性だ。

およそ二ヶ月前、父から「話がある」と切り出され、「再婚を考えている女性がいる」と面と向かって言われたのだ。夏休み初日の、夕食前のことだった。

実際に会ったのはその一週間後。学校の補習の帰り、近所のファミリーレストランで初めて父の交際相手と顔を合わせた。

結果から言うと、俺は注文したハンバーグ定食を半分以上残して席を立った。優子さんは決して悪い人ではなく、むしろ悪いのは俺の方だった。

終始無言の俺に対し彼女は優しく声をかけてくれたが、うまく受け答えができなかった。優子さんは母より五つ若かったけれど、俺にとっては同じようなもので、中年の女性に対する恐怖心は未だ強かった。

「再婚するなら、俺は家を出ていくから」

帰宅した父にそう告げ、以来二ヶ月間この件について話をしていない。

俺が死ねば父と優子さんの関係を妨げるものは消え去り、ふたりは幸せに暮らせてめでたしめでたしだ。

やっぱり俺は死ぬべき人間なのだと、つくづく思った。

中間試験が終わってすぐに、職場体験学習のワークシートが配布された。そういえば前に希望する職種をアンケート用紙に記入したな、と思い出した。俺は迷うことなく、第一志望に『水族館の飼育員』と記入した。

俺はこの世のあらゆるものに興味を抱かない人間だが、ひとつだけ惹かれるものがあった。それは海の生物で、水族館は俺にとって心のオアシスだった。

特に好きなのはクラゲで、家にはクラゲ図鑑が数冊、ぬいぐるみやクラゲの卓上アクアリウムも飾ってある。学校指定の鞄にもよく行くサンライズ水族館で購入したクラゲのキーホルダーがついている。

以前、自分で飼育することも考えたが、管理が難しく断念した。水温を常に一定に保つ必要があるし、種類によっても適正水温が変わってくる。

クラゲは自分で泳ぐ力が弱いため、水流ポンプも必須だ。水流が強すぎると水槽に激突して傷つくし、弱すぎると水槽の底に沈んでしまう。その微調整も大変だし、なによりクラゲは寿命が短い。種類によって長生きできる個体もあるが、基本的には一年から二年。素人が飼育する場合は数週間から数ヶ月程度とも言われている。

それ以外にも専用の水槽を買ったり海水を用意したり、とにかく手間とお金がかかる。クラゲは体が脆くて弱いため、水質の悪化や少しの衝撃で傷を負うと、あっという間に死んでしまうこともあるらしい。生き物を飼育したことのない俺がいきなりクラゲに挑戦するのはハードルが高かった。

自宅からサンライズ水族館まで自転車で三十分以上かかるが、その程度であれば俺の行動範囲内だ。そこは漁港のすぐそばにあり、幼い頃から何度も訪れ、今は年間パスポートを所持している。

中一の頃は母と顔を合わせるのが苦痛で家に帰りたくなくて、放課後になると足繁く通っていた。水族館は俺の弱った心を癒し、励ましてくれる場所でもある。

短期のアルバイトでもいいからあそこで働いてみたいと以前から思っていた。高校に入り、二年生になると職場体験があると知って、ひとり歓喜した。怒られるかもしれないが第二、第三希望の欄にも水族館の飼育員と記入した。

ワークシートとは別に、配布された職場体験学習のしおりを眺める。そこには体験先の職場に行った際のマナーや注意事項などが記載されていて、さらに一枚めくると誰がどの職場に行くのか、グループ分けされているページがあった。少ないところはひとり、多いところでも五人と、いい具合にばらけている。

自動車整備工場や出版社、ケーキ屋に幼稚園など、職種もさまざまで面白い。関川はどこに行くのだろうと探してみると、彼は情報屋ではなくラーメン店を選択していた。飲食店は無料でご飯が食べられるから、という理由で人気のジャンルらしかった。関川も例に漏れず、そんな魂胆にちがいない。

次のページをめくった瞬間、飛びこんできた文字に俺の思考は停止した。

・サンライズ水族館　二年三組　崎本光　浅海莉奈　二名

水族館を選ぶやつなんて、俺くらいしかいないと思っていた。

ちょっと前に念のため仲のいい飼育員のおじさんに確認してみたが、ここ数年で体験学習に来た生徒はひとりだと言っていたのに。しかもよりによってもうひとりの生徒はまさかの浅海だ。汗がじわりとにじむ。

ふと視線を感じ、そちらに目を向けると浅海が遠くの席から俺を見ていた。

よろしくね、と彼女の唇が動いた。俺は小さく頭を下げて、もしやと思った。彼女はクラス委員だから、ひょっとすると前もって俺と一緒の職場に出向くことを知っていたのかもしれない。だからあのとき、バスの中で話しかけてきたのだろうか。

どちらにしても来週、女子とふたりという地獄の三日間が始まることが決定した。休むのもありだなと思いつつ、でも俺はずっと前からこの行事を楽しみにしていたのだ。普段覗くことのできない水族館の裏側を見てみたいという渇望も捨てきれなかった。

さてどうしたものかと頭を抱えていると、隣の席の関川がにやにやした顔でこっちを見ていた。

「よかったじゃん崎本くん。浅海と同じ職場で」

「べつに。できればひとりがよかったし」

「そんな照れなくてもいいじゃんか。たぶんだけど、告ったら〇Kされると思うよ」

「そんなわけないだろ、ほとんど話したこともないんだから。適当なこと言って楽しんでんだろ、お前」

冷たく言い放つと、「怒んなって～」と関川は憎たらしく笑う。

「あ、それより今日は百三十円だけど、どうする?」

関川はそう言って指でお金を表現する。

高い。でも今回こそは有益な情報を得られるかもしれないという誘惑に負け、百円玉と五十円玉を彼に渡し、おつりの二十円を受け取る。

「浅海の行きたいデートスポットは……水族館らしいよ」

「……だろうな。てか、それもっと早く教えてほしかった」

がはっと関川が笑うとチャイムが鳴り、彼は帰り支度を始める。

さてどうしたものかと、俺は再び頭を抱えた。

　どうやって乗り切ろうか、答えが見つからないまま体験学習の日を迎えた。今日から三日間行われ、そのあとレポートをまとめて提出することになっている。

　とにかく自分に与えられた仕事に集中すれば大丈夫だろうと自身を励まし、自転車に乗ってサンライズ水族館へ向かった。

　現地集合なので、浅海はおそらくバスで来るだろう。昨日の放課後、浅海に「明日、一緒に行く？」と聞かれたがやんわり断った。俯いて、大量の汗をかいているのをできる限り隠しながら。

「暑がりなんだね」となにも知らずに笑う彼女に会釈をして昨日はやり過ごした。

　もしかしたら俺の死因は、この三日間で汗をかきすぎて干からびて死ぬ、ではないかと馬鹿なことを考えながら目的地へ急いだ。

　集合時間の十五分前に到着すると浅海は俺よりも先に来ていて、水族館の入口で待っていた。行きと帰りは制服着用を義務づけられているので、グレーのブレザーに身を包んでいる。

　駐輪場に自転車を止め、非常口から入ろうか迷っていると浅海に気づかれてしまう。

「あ、崎本くんおはよー。バスの時間が合わなくて三十分も早く着いちゃったよー」

　浅海は俺に駆け寄り、眉尻を下げて笑う。俺は一歩あとずさり、距離を取ってぎこちなく微笑み返す。

「そ、そうなんだ」

「でもよかった！　ひとりだったらどうしようって思ってたから。ほかのクラスの人と一緒なのも気まずいから、崎本くんがいてくれて助かったよー」

「あ……うん。俺も」

本当はひとりがよかったけれど、そんなことは口が裂けても言えない。教室内での印象どおり、やっぱり彼女は誰にでも積極的に話しかけるタイプのようだ。というよりも話していないと落ち着かないのか、立て板に水の如く言葉が飛んでくる。

「ここの水族館に来るのなんてかなり久しぶりかも。崎本くんは？」

「先週……来たけど」

「めっちゃ最近じゃん。誰と来たの？　あ、わかった。関川くんでしょ。ふたり仲いいもんね」

いや、と俺は言下に否定する。すでに尋常ではない量の汗をかいていたが、平静を装って答える。

「ふ、普通に、ひとりで来たけど」

「あ、そうなんだ。こういうとこにひとりで来るなんて、なんか大人だね」

おそらく気を遣ってくれたのだろう。浅海はそれ以上は追求してこなかった。

「じゃあ、今日から三日間よろしくね」

　彼女が差し出した右手を、俺は握ることができなかった。代わりに「よろしく」と頭を下げる。

「うん」と返事をすると浅海は右手を引っこめて館内へと歩いていった。気分を害した様子はなく、ホッとひと息つく。ポケットからハンカチを取り出し、額や首元の汗を拭う。

「早く行こー！」と言いながら振り返る彼女に小さく手を上げて応える。

　これほど明朗快活な彼女が本当にあと二ヶ月で死ぬのだろうかと不思議に思う。死ぬとしても病死はないな、と勝手に決めつけて小走りで入館した。

　しおりに記載されているマニュアルどおりに飼育員の方々に挨拶をして、水色のポロシャツを二枚もらった。飼育員のユニフォーム――いつかは俺も袖を通してみたいと憧れていたポロシャツだ。

　小さな感動を覚えながら更衣室に案内され、着替えを済ませる。下は学校指定のジャージを持参していたので、紺色のそれを穿いた。

　浅海は俺より数分遅れて更衣室から出てきた。彼女の見慣れない姿にドキッとする。活発な彼女に爽やかなブルーがよく映えていた。

「それじゃあ、まずは小さい魚の餌となるアジを細かく切ってもらおうかな」

俺らの世話をしてくれるのは、佐伯《さえき》さんという三十代くらいの男性社員だ。俺が小学生の頃から勤めていて、常連客である俺は当然顔なじみだ。

昔からよく海の生き物について質問をしていた。俺の質問にはなんでも答えてくれて、今は佐伯さんと呼んでいるけれど、小学生の頃は博士と呼んでいた。

「崎本くん。今日はお客さんじゃなくて、飼育員として接するから、厳しくいくよ」

先を歩く佐伯さんがちらりと振り返って言った。お手柔らかにお願いします、と返しておいた。

「知り合いなんだね」

「……うん」

「すごい。なんか、緊張するね」

「うん、まあ」

ふたりとも別の理由で緊張して、調餌室に案内された。

魚の生臭い匂いが鼻腔を刺激する。浅海はわかりやすく顔をしかめたが、すぐに表情を戻した。

「こうやって魚たちが食べやすい大きさに切ってくれればいいから」

佐伯さんが慣れた手つきで手本を見せてくれる。

「崎本くん包丁の扱い上手だね」

展示されている魚たちの餌となる小魚やイカなどを手際よく捌《さば》いていると、浅海は俺の手元を見て感心したように言った。

「普段から料理してるから」

「へえーすごいね。お母さんに教えてもらったの？」

お母さんという単語が出て、一瞬手が止まる。押し黙る俺の顔を覗きこまれたが、肯定も否定もせずひたすら魚を捌いた。

浅海は意に介すことなく悪戦苦闘しながら魚に刃を入れ、そのたびに「うわー」だとか「おー」だとか謎の声を発し、危なっかしい包丁捌きで佐伯さんをひやひやさせた。

ずっと喋っていないと死ぬ病気なのかと思うくらい彼女は賑やかで、ほかの飼育員たちも楽しそうだった。

切り分けた魚を給餌バケツに入れ、餌やりへと向かう佐伯さんのあとを追っていく。普段見ることのできない水族館の裏側に興味津々で、俺は忙しなく首を左右に振って辺りを見回す。やっぱり無理をしてでも来てよかったと改めて思った。

餌やりを終えたあと、水温を確認するため、メインの水槽のある展示室へ同行した。佐伯さんの話では、魚の種類によって水温を調整しているという。淡水や海水、それから淡水と海水が混ざっている汽水など、水質も魚に合わせて変えているらしい。俺は当然知っていたが、浅海はメモを取りながらいちいち大げさに頷いてみせた。

そのあとは水槽の掃除を手伝い、俺はこのままずっと働いていたかったけれど浅海と一緒に昼休憩を取ることになった。

「働くのって、大変なんだね。久しぶりに汗かいたかも」

細長い木製のテーブルが四つ、ロの字形に置かれた休憩室で、持参した弁当を広げた浅海は、ペットボトルのお茶をひと口飲むとしみじみと言った。

「まあ、飼育員は体を使う仕事だからね」

俺は自分が飼育員かの如く返事をすると、浅海から一番遠い位置にあるパイプ椅子に腰を下ろす。この距離ならなんとか平常心を保てそうだ。

「たしかにそうだね。私体力ないからこの仕事向いてないかも」

「…………」

「あ、でも女の飼育員さんも何人かいたよね。慣れたら意外といけるのかなぁ」

「…………」

「私、ペンギンの餌やりもしたいな」

俺に言葉を投げかけているのではなく、彼女のひとりごとと判断して返事をせずに黙々と弁当のおかずを口に運ぶ。なにか問いかけられたら適当に返事をすればいいだけだ、とこの場を乗り切るために自分に言い聞かせる。

よくよく考えたら女子とふたりの空間で昼食をとるなど、俺にとっては異常事態なのだ。ここが学校であるならばすぐにでも教室を抜け出し、空き教室や屋上に避難しているところだが今日はそういうわけにはいかない。俺はまだ止まらない浅海のひとりごとをBGM代わりに、白米を頬張る。

「もしかしてそのお弁当も自分でつくったの？」

「……ん？　ああ、まあそうだけど」

突然声をかけられ、数秒遅れて返事をする。それまでノリノリで歌っていたボーカリストが、予告なく客席にマイクを向けるようなものだ。あまりにも急すぎて汗が噴き出てきた。

「すごいなぁ。私より女子力高めだね。どれどれ、ちょっと見せてよ」

浅海は言いながら席を立ち、箸を手にしたまま俺のもとへ歩み寄ってくる。

「エビフライにから揚げ、玉子焼き。これ冷凍食品じゃなくて、全部崎本くんがつくったの？」

「うん。冷凍食品はあんまり好きじゃないから」

椅子を引いて、俺の弁当箱を覗きこむ浅海から距離を取る。香水だろうか、柑橘系の爽やかな匂いがした。

「私も料理つくれるようになりたいなぁ」

「………」

問いかけ以外は反応しないことにして、浅海が戻ると俺は弁当の続きを食べる。

「今度教えてよ」と彼女は言ったが、これはどっちだろうと迷って、咳ばらいをしてごまかした。

「ねえ、十二時半からのイルカショー見に行かない？」

弁当を食べ終えると、浅海が弾んだ声で聞いてきた。ここの水族館では毎日決まった時間にイルカショーが行われ、本日二回目のショーが間もなく開演する。

これは質問だから、答えなくては。

「俺はいいや。もう何回も見てるし」

彼女の方は見ずに、携帯をいじりながら返事をする。

「でも、毎回同じとは限らないじゃない。イルカの体調とか、機嫌によってはちがったりするかもよ」

「………」

たしかに彼女の言うとおりで、その日によってイルカが微妙にちがう動きを見せたり、思わぬハプニングが起きたりする。すでに百回近くショーを見ていると思うけれど、そのわずかなちがいを見つけるのも楽しみのひとつだった。

「崎本くん、浅海さん。最終日にイルカショーの手伝いをやってもらうから、休憩中で悪いけど見に行かないかい？」

休憩室のドアが開いたと思ったら、佐伯さんが開口一番にそんなことを口にした。浅海は勢いよく立ち上がり、「今から行こうと思ってたんです！」と言った。

俺はため息をつきながら席を立ち、不承不承彼らのあとに続いた。

イルカスタジアムと呼ばれる会場は、平日にもかかわらず家族連れやカップルで賑わっていた。ショーはたった今始まったばかりらしく、俺と浅海は急いで後方の座席に腰掛けた。間に三人分の距離をとって。

トレーナーの合図で三頭のイルカがプールの中を縦横無尽に泳ぎ回り、水飛沫を散らしてジャンプをしたり、回転したりと次々に技を披露する。

成功させるたびに浅海は「うわぁ」とか「おおー」と子どものように感動詞を連発する。

次に携帯を取り出して動画を撮影し、「頑張れ！」とイルカの応援を始めた。俺はさすがに見飽きているので、彼女のように心の底から楽しむことはできなかった。

約二十分間のイルカショーが終わると、余程感動したのか浅海はひとりスタンディングオベーションをしていた。

俺も小学生の頃、初めてイルカショーを見たときは感動して浅海と同じようにはしゃいだ気もする。そのときは家族全員で来ていたし、まだ女性恐怖症に悩まされる前のことで、人生に悲観していなかった。

ショーが終わって観客が会場を出ていってもまだイルカたちに目を向ける彼女の横顔を、俺は黙って見つめていた。ほんの一瞬だけ見せた憂いを含んだ表情が、やけに印象的だった。

午後は館内を案内され、水槽の中の魚の説明やバックヤードにある設備や研究用に飼育している魚、亀などを見て回った。

「崎本くん知ってる？　マグロって泳ぎ続けてないと死ぬんだよ」

館内で一番巨大な回遊水槽の中を優雅に泳ぐマグロを見つけると、浅海は勝ち誇った顔で言った。

「知ってる。マグロは自力でエラ蓋を開閉できないから、常に泳いでいないとエラが閉じちゃって窒息するんだ。ラムジュート換水法っていって、口を開けたまま泳いでエラを通過する海水に溶けた酸素を取り入れて呼吸する。だからマグロは生まれてから死ぬまで泳ぎ続けないといけない。それくらい、当然知ってる」

多いときで年間百日近くここへ通っていた俺の前で、海の生物の雑学をひけらかすなんて百年早い。浅海はきょとんとした顔で俺を見ていた。

「ある意味、君に似てる魚だ」と喋り続けないと死ぬであろう浅海に言い捨てる。

「え、なんで？　私ラムジュース呼吸法なんてしてないよ」

俺の皮肉に気づかず、そう言いまちがえる浅海を残してバックヤードへ下がる。

そうして一日目は無事に終了した。

「お疲れさまでした。明日もよろしくね」

佐伯さんの労いの言葉に、俺と浅海は「ありがとうございました」とバラバラにお礼を述べて制服に着替えてから水族館を出た。

浅海が着替え終わる前に帰ろうと思い、早足で駐輪場へ向かう。解錠に手こずっていると、「あ、いたいた」という背後からの声にびくりとする。

「バス停まで一緒に帰ろうよ」

「……ごめん。今日はちょっと用事あるから」

「あー、そっか」

お疲れ、と彼女に届いたかどうか微妙な声で呟いてから自転車に跨り、ペダルを漕いだ。

「お疲れさま。また明日ねー」

聞こえなかったふりをして、立ち漕ぎで力一杯自転車を走らせ、その場をあとにした。

スーパーマーケットに寄って夕食に使う食材を仕入れてから帰宅する。今日も遅くなると父から連絡があったので、親子丼をつくってひとりで夕食を済ませた。父が優子さんと交際を始めた頃から、ひとりで夕食をとる日が増えた。

自室のベッドに横になると、携帯の画面をタップし、ツイッターを開く。やはりゼンゼンマンへのメッセージには返信はおろか既読すらついていなかった。

次に写真アプリを起動し、文化祭のあとクラス全員で撮った写真を開く。

――前列の右から二番目の方と、前から三列目の左端にいる方がこの写真を撮った日から数えて八十八日後に死にます。

死神から届いた言葉がふと頭をかすめる。本当に俺と浅海は八十八日後――いや、あと五十九日後に死ぬのだろうか。なぜ俺と浅海は同じ日に死ぬのか、どこでどのように命を落とすのか、いくら思考を巡らせてみてもうまく想像ができなかった。

写真の中の浅海は、自分がもうすぐ死んでしまうことを知らずに無邪気に笑っている。死が迫っていることを、彼女に伝えるべきか否か。

もし伝えたら浅海はどんな反応を示すのか、興味はあった。底抜けに明るい彼女の笑顔は、その瞬間に崩壊するのだろうか。止まることなく喋り続ける彼女の口が、ぴたりと閉じてしまうのだろうか。

女性恐怖症以前に、もうすぐ死んでしまうかもしれない相手と接するのは複雑な気持ちだった。自分のことは棚に上げ、君は本当に死ぬのか、と問いかけてみたくなる。

伝える方が優しさなのか、それとも黙っている方が優しさなのか、俺にはわからなかった。

体験学習二日目の朝、体が重たくて思うようにベッドから起き上がれなかった。労働して疲労感に襲われたからではなく、どちらかというと人的要因によるものが大きい。

言うまでもなく浅海が要因で、難なく受け答えはしてみせたが女子とふたりで過ごすというのは俺にとってやっぱり楽なものではなかった。肉体よりも精神的な疲労が重くのしかかり、起床時間を大幅に越えてからようやくベッドから抜け出せた。

部屋を出るとちょうど父も起きてきたようで、「なんだ、寝坊か」と欠伸をしながら言った。

曖昧に返答して急いで支度を済ませ、朝食をとらずに玄関へ向かう。朝はそれぞれ適当に済ませることにしているので、いつも朝食はつくらない。

「今日から職場体験だったっけ？　頑張ってな」

靴紐を結んでいると、父がリビングから顔を覗かせて言った。

「うん。いってきます」

昨日からだよ、とは言わずに家を出る。父はなにか言いたそうに口を開きかけたが、諦めたのか「いってらっしゃい」とだけ返して、顔を引っ込めた。

いつかはまた優子さんの話を切り出されるのだろうけれど、今ではないと判断したのだろう。もうすぐ俺は死ぬから気にすることないのに、とはさすがに言えなかった。

サンライズ水族館に着いたのは集合時間の三分前で、浅海は先に着替えを済ませて更衣室の前で俺を待っていた。隣には佐伯さんの姿もあった。

「崎本くん遅すぎるよー。もう始まっちゃうよ」

ごめん、と走りながらふたりに頭を下げて更衣室に入る。急いで着替えて更衣室を出ると、昨日と同様にまずは調餌室に直行した。

小魚やイカを与える生き物の口のサイズに合わせて、小さく切り分けていく。普段料理をまったくしないという浅海は一日では上達しなかったらしく、今日も不器用に魚を三枚におろしていた。

昨日とは別の生き物に餌をやり、水槽の掃除や水を綺麗に保つろ過槽のフィルターの清掃などをこなしたあと、クラゲの餌やりもやってみたいです、とダメもとで言ってみた。

佐伯さんはクラゲは担当外だったが、俺がクラゲ好きだということを知っているからか快諾してくれた。

「じゃあ、ミズクラゲの餌やりをやってもらおうかな」

佐伯さんに水槽の裏手に案内され、給餌の仕方を教えてもらう。ミズクラゲは体の中心に四つ葉のクローバーのような模様があり、国内では最も一般的なクラゲと言われている。お盆の時期に海に大量発生する、あのクラゲだ。

「この模様かわいいね。目なのかな」

浅海が水槽の中を覗きこみ、無知な質問を投げてくる。クラゲマニアの血が騒いだ俺は、佐伯さんが口を開く前に答える。

「これは目じゃなくて、胃だよ。体が透明だから餌をあげるとちゃんと食べたかどうか視認できるんだ」

さすが崎本くん、と佐伯さんが笑う。

彼の指示どおりスポイトを使って水槽の中心を目がけて餌を入れていく。中心部は水流が弱くなっているため餌の滞留時間が長く、捕食しやすいらしい。さすがの俺もそこまでは知らなかった。

ちなみに餌はブラインシュリンプというオレンジ色のプランクトンで、餌を食べたミズクラゲの四つ葉のクローバーがオレンジ色に染まっていく。

「わっ！　体の真ん中だけオレンジ色になった！」

目を見開いて驚く浅海を残して次の水槽に移る。まさかクラゲに餌を与える日が来るなんて、夢みたいだった。

給餌が終わると俺と浅海は昼休憩に入った。

今朝、弁当をつくる時間がなかったので館内にある食堂でカツカレーを注文した。ここのメニューはすべて食べ尽くしているが、カツカレーが格別においしいのだ。

窓際の席について一般客に紛れて昼食をとる。

サンライズ水族館は高台にあり、食堂の窓からもテラスに出ても海が一望できる。昨日弁当を食べた社員用の休憩室からは海は見えなかったから、明日も弁当をやめてここで食べようと決めた。なによりも浅海とふたりで昼食をとるのが苦痛だったから。

ここからは観覧車も見える。水族館が運営している観覧車で、俺も何度か乗ったことがある。海が一望できて休日は行列ができることもあるくらい人気を博していた。

昼食を食べ終えて館内を探索していると、イルカスタジアムに浅海の姿があった。ショーはちょうどクライマックスらしく、イルカが高難度の技を決めてスタジアムは盛大な拍手に包まれる。浅海は前日と同様に深く感動したような顔をしてトレーナーとイルカたちに向けて手を叩き、熱い賛辞を贈っていた。

その無邪気で曇りのない笑顔も、俺のひと言で消え去ってしまうのだろうか。やはり伝えた方がいいのか、それとも黙っているべきか。改めて悩んだ。

俺だったら絶対に教えてほしいと思う。自分の寿命が残り何日なのか、俺のように知りたいと願う人もいれば、当然知りたくないと拒絶する人もいるだろう。浅海はどちらなのか。いきなり彼女に余命を伝えるよりも、それを先に訊ねてみるのもいいかもしれない。

そんなことを考えていると、拍手を終えた浅海とふと目が合った。彼女はにこりと笑みを零し、その仕草にどきりとして俺はすぐに視線を外す。

「いやー、イルカちゃんたちかわいくて何回見ても飽きないね。背中に乗ってみたいなぁ」

少し目を逸らした隙に浅海は俺のすぐ横に来て、スタジアムのプールから泳ぎ去っていくイルカたちを見つめて言った。

俺は例によって浅海のひとりごとのような呟きには返答せず、それでも彼女は構わずに滔々と話し続ける。その姿をみるに浅海はただお喋りが好きなだけで、会話のキャッチボールになっていなくても一方的に言葉を発するだけで満足のようだ。ただ聞き流せばいいだけなので俺としてもありがたかった。

午後からはイルカスタジアムで明日のショーのリハーサルを行った。リハーサルといっても大仰なことはなく、俺と浅海はショーの補助をするだけなので難しいことはひとつもなかった。

浅海は「嚙まないよね？」とびくびくしながらイルカの鼻先にタッチする。張り切っていたくせに腰が引けていて情けない。

浅海が右手を上げるとイルカは指示した方向へ泳いでいき、華麗なジャンプを決める。その拍子に水飛沫が舞い、彼女の髪を濡らした。それを意に介することなく、浅海はずぶ濡れになっても全力でやり切る。俺は飛んできた水飛沫を避けるのに必死だったというのに。

浅海はなにをするにしても一生懸命で、その姿は好感が持てる。そこにいるだけで場が弛緩するというか、光が射すというか。思えば教室でもそうだった。

五月の頭に行われた体育祭で、最終種目のクラス対抗リレーでの一幕。俺たちのクラスがリードして迎えた終盤で、ひとりの女子生徒が転倒した。運動があまり得意ではない生徒で、アンカーの前に走らせて最後に巻き返す作戦だった。しかし結局その転倒が響き、七クラス中六位と不本意な結果に終わった。

そのリレーで一着でゴールしていれば総合優勝もあっただけに、教室に戻ってからも雰囲気は最悪だった。クラス替えをしてから初めての大きな行事で、クラスの絆を深めようと皆意気ごんでいたが、亀裂が入ったような気がした。

「あいつが転ばなきゃ優勝だったじゃん」

そういった心ない言葉も聞こえてくる始末で、担任の教師も困惑していた。

そんなときに立ち上がったのが浅海だ。彼女は転倒した女子生徒の席に向かい、こう言ったのだ。

「私は谷口《たにぐち》さんがMVPだと思う。転んで膝を怪我したのにすぐ立ち上がってバトンを繋いだんだもん。私なら転んだら恥ずかしくて、笑ってごまかしてちんたら走ってたと思う。でも谷口さんは最後まで諦めなかった。ビリにならなかったのは谷口さんのおかげだよ」

浅海の言葉に、反論する者はいなかった。さすがクラス委員というべきか、俺は感嘆の眼差しで彼女を見た。

そして彼女は、「まあ、出てなかった私が言うのもおかしいけどね」とおどけてみせた。

「私以外みんなMVPだよ！　こういう青春も悪くないね」と最後に締めくくると、教室内にあったついさっきまでの険悪ムードは一瞬にして霧消し、生徒たちに笑顔が戻る。

浅海はその日、体調不良を訴え二種目めから欠場していた。そのあとは応援に徹し、陰で皆を支えていた。咳きこみながら誰よりも声を張り上げ、チームを鼓舞し続けた。クラスメイトたちもそれを知っているから、浅海の言葉は余計に響いたのだろう。彼女の周りはいつだって明るくて、彼女がそこにいるだけで場が和む。

それは水族館でも同じだった。

「イルカって頭いいんだねー。もしかしたら私より賢いかも」

着替えを済ませて浅海のひとりごとを聞き流しながら水族館を出る。駐輪場まで歩くと、浅海も背後からついてくる。その間も彼女はひとりで喋り続けていた。

「明日で最後だねー。終わっちゃうのは寂しいね」

俺は無言で自転車を解錠し、鞄をカゴに入れる。このまま走り去ってもよかったけれど、浅海と距離をとって自転車を押して歩くことにした。なぜそうしたのかは、自分でもわからない。ただなんとなく、今日はいいか、という気分になった。

「そういえばさ、崎本くんはどうして職場体験に水族館を選んだの?」

先を歩く俺の背中に、浅海は訊ねてくる。立ち止まらずに、彼女を振り返ることもせずに俺は正直に答える。

「ただ単純に、好きだからだよ。ここに来ると嫌なことを忘れられるというか、なんか落ち着くんだ。傷ついたときとか、悲しいことがあったときとか、なんでもないときもよく来てる。普段は見られない水族館の裏側も見てみたいと思ったから選んだ」

俺がそう言ったあと、しばしの沈黙が流れた。少し喋りすぎてしまったかもしれない。好きな水族館の話題を振られるとつい我を忘れてしまう。振り返るのが怖くて、俺はそのまま前だけを見て歩いた。

「なんか、ちょっとわかるかも。水族館って幻想的で綺麗だし、一歩中に入ると非日常感を味わえるっていうか、魚たちに癒されるよね」

　ややあってから浅海は俺の言葉に同調した。浅海にしてはいいことを言ったので、俺は「そうそう」と返事をしてやった。すると彼女は、「崎本くんって、水族館とか魚の話ははきはき答えてくれるよね。なんか、面白い」と笑った。

　それでも俺は振り返らずに歩き続ける。彼女にそう言われても、嫌な気持ちにはならなかった。

「じゃあ私、バスだから」

　ちらりと振り返ると、浅海は手を振ってバス停の方へと向かっていった。

「あ、あのさ……」

　とっさに呼び止めてしまったことを、すぐに後悔する。なぜ声をかけてしまったのか自分でも説明できない。昨日から考えていたことが頭から離れなくて、無意識に声が出たのかもしれない。

「ん？　なに？」

　浅海は振り返り、目を丸くして俺を見た。

「えっと、その……。ゼ、ゼンゼンマンって人、知ってる？」

　自分から話しかけたくせに気が動転してしまい、思わずそんな言葉が口をついて出た。でも悪くない質問だと思った。いきなり彼女の余命を伝えるより、まずは順を追って説明すべきだ。汗が頬を伝ったが、構わずに浅海の返事を待った。

「ゼンゼンマン？　なにそれ、少年漫画のヒーロー？　私漫画とかあんまり読まなくて詳しくないんだよね、ごめん」

浅海は胸の前で手のひらを合わせ、申し訳なさそうに言った。

「あ、いや、そうじゃないんだけど、えっと、なんていうか、その……」

俺が言葉を紡げないでいると、浅海は小首を傾げて見つめてくる。その視線に耐え切れなくて、俺は「ごめん、なんでもない」とひと言謝り、自転車に乗って逃げるようにその場から離れた。

背後から浅海が俺を呼ぶ声が聞こえたが、無視して懸命にペダルを漕いだ。

やっぱり、言えるわけがない。そもそも信じてもらえるかどうか、それすら怪しい。余命を伝えれば彼女は残された時間を無駄なく過ごせるかもしれないが、とても残酷なことだとも思う。それに死神の予言がもし外れたとしたら、ただ怖がらせただけになってしまう。

でも、他人の余命を知っていながら自分の心の中にだけ留めておくのは許されるのだろうか。

いや、たしか彼女はなんらかの病を患っているのだから、伝えたらショックで悪化してしまう恐れもある。

ふたつの選択肢に揺れながら、俺は秋の暮れ始めの空の下、長い下り坂を走り抜けた。

体験学習の最終日。今日はすんなりとベッドから起き上がれたが、昨夜悩みすぎて睡眠が浅かったのか寝不足気味で頭が重かった。

支度を済ませて家を出る。結局、浅海に余命宣告するのは一旦あと回しにして、まずは彼女の死因を特定することにした。彼女がいかにして命を落とすのか、俺の死となにか繋がりがあるのか。

まずは病気のことを直接聞いてみることにした。浅海が患っている病は死に至るほどのものなのか。ちがうのであれば病死の線は消える。

デリケートな問題なのでどう切り出すか、自転車を漕ぎながら考えた。無神経を装ってストレートに聞くか、それとなく水を向けて浅海から話してくれるのを待つか。答えが出ないまま水族館が見えてきた。

「おはよう！　今日は遅刻しなかったんだね」

朝から耳に刺さる浅海の甲高い声に顔をしかめる。厳密に言えば昨日も遅刻ではないのだが、わざわざ指摘するほどでもないのでスルーした。

病気のことを聞き出すのは帰りにしようと心の中で決めて館内に入り、従業員専用口から更衣室へ向かう。早くも名残惜しい気持ちを抱きながら着替えを済ませ、佐伯さんとともに調餌室まで歩いた。

「おはようございます！　今日で体験学習は終わりですが、最後までよろしくお願いします！」

調餌室に入るなり、浅海は礼儀正しく作業中の飼育員たちに挨拶をする。彼女が深く頭を下げたので、やや遅れて俺もそれにならった。

「莉奈ちゃん、崎本くん、今日もよろしくね」

女性の飼育員がそう声をかけてくれた。浅海は女性飼育員たちからは下の名前で呼ばれていて、初日からかわいがられていた。

今日も浅海は騒がしく小魚をおろしていく。周りの飼育員たちも笑顔で彼女と談笑している。浅海の周りは常に笑顔が絶えず、対する俺は無言で黙々と作業をこなすだけ。時折浅海は俺にも話を振ってくれるが、俺は不愛想に返事をしてまた黙りこんで手を動かし続ける。俺の反応が悪くても浅海は口元を和らげたままで、小魚を捌きつつ俺は横目でちらちらと彼女を見ていた。

喋りながらではあるけれど、浅海は手を抜かずにしっかりと与えられた仕事をこなしていく。表情も豊かで失敗したときは眉を歪め、褒められたときは満面の笑みで応える。

　彼女のコロコロ変わる表情を見ていると、体色を瞬時に変えることができるタマムシサンゴアマダイが思い浮かんで思わずひとりで笑ってしまう。

　小魚を切り分けたあとは回遊水槽の中にいる魚たちの餌やりに向かい、それが終わると水温チェックに熱帯魚の水槽の掃除と、お決まりとなった午前中の職務を全うした。

　この日の昼休憩も昨日と同様に食堂で食券を購入し、二日連続カツカレーを注文した。今日は一般客は少なく、限られた数しかない窓際の眺望豊かな席にゆったりと腰掛ける。波が高めで海はやや荒れていた。

　注文したカツカレーを受け取って席に戻ると、浅海が隣の椅子に座って弁当箱を広げていた。

「ここ、眺めが最高だね。こんなにいい場所があるなら教えてよー」

　カツカレーが豪快に盛られた皿を手にして固まる俺を上目遣いで見つめて、浅海は不貞腐れたように言う。俺は彼女に聞こえないように小さくため息をついた。が、わざわざ席を移動しなくてもいいか、と自己完結して座ると昼食を口に運ぶ。

「てかさ、食堂に持参した弁当を持ちこんでいいの？」

「うん。食堂のおばさんに聞いたら特別に許可してもらえた」

「あ、そう」

許可しちゃだめだろ、と食堂のおばさんに心の中で悪態をついてカツを齧《かじ》る。隣に苦手な女がいたとしても、やはりここのカツカレーは旨い。

「午後からのイルカショー楽しみだね。うまくいくといいねー」

質問ではなかったが、俺はカツを咀嚼しながら「うん」と返事をした。

俺たちは今日午後三時から行われるショーにアシスタントとして出演する。イルカが技を決めたらご褒美として餌を与えたり、イルカの鼻先にタッチをしたり、手を上げて指示を出したりするのだが、メインのトレーナーがしっかりいるので割と誰にでもできるようなことを任されている。

「ねえ、今日終わったら一緒に館内を見て回らない？　崎本くん魚のこと詳しいし、いろいろ解説とかしてほしいなって」

思いもよらない申し出にスプーンを持つ手が止まる。どう断ろうか逡巡していると、間を埋めるように彼女は次の言葉を放つ。

「いや、ほら。体験学習が終わったらレポート書かなきゃいけないでしょ？　そこに魚の豆知識とか、うんちくとか入れたら完璧だなって思って」

浅海はひと息にそう捲し立てると、ミニトマトを器用に箸で摑み、口の中に入れる。

「べつに、用事があるならいいからね」とさらに付け加える。

これ以上黙っていたら次の言葉が飛んできそうなので、「まあ、そういうことなら」と俺は仕方なく承諾した。

「え、いいの？　ありがとう！」と快活に言った浅海の声が静かな食堂に響き渡る。まっすぐな目でそう言われたのが照れくさくて、残りのカツカレーを一気に掻きこんだ。

午後からの作業も難なくこなし、時計の針は間もなく三時を回ろうとしている。

俺と浅海はイルカスタジアムのバックヤードで待機し、緊張した面持ちで出番を待っていた。

「昨日の調子でやってくれれば大丈夫だから、緊張することないよ」

イルカトレーナーが俺と浅海の背中を押してくれる。ちなみに俺たちの世話役である佐伯さんはイルカは担当外なので、別の人だ。言うまでもないが浅海はすでに打ち解けており、「いつもどおり頑張りましょうね」となぜか仕切っていた。

三時になるとイルカたちとともにスタジアムへ出る。客席は半分ほどの入りだったけれど、俺らにはちょうどいい。

トレーナーがマイクを使って俺と浅海の紹介をしたあと、二十分間のショーがいよいよ始まる。イルカたちがダイナミックな技を決めると、俺は練習どおり給餌バケツの中に入れている餌を手に掴んで与える。浅海も俺にならってパフォーマンスを終えたイルカに餌を与えていた。

イルカたちは休む暇もなく次の技を披露し、またご褒美として投げられた餌を食べる。

そのあとは手筈どおりイルカの鼻先にタッチし、手を上げて指示を出す。これ以上ないほどの綺麗なジャンプが決まり、どぼんと豪快な音を立てて着水する。水飛沫が顔にかかるが、気にせずにショーを続ける。ステージ側から見るイルカショーは初めてで気持ちが高揚した。

ふと浅海に目を向けると、リハーサルのときよりプールの際《きわ》にいて、そのせいかずぶ濡れになっていた。それでも彼女は笑顔を崩さずにアシスタント業務に徹する。観客よりも誰よりも楽しんでいたのは浅海だった。

昨日は怖がっていたくせに、大胆にもイルカにキスをしてみたり、何度も握手をしたりと会場を沸かせた。俺はイルカと戯れる浅海の姿に目を奪われ、忘我するほど見入ってしまった。

はっと我に返ったときにはクライマックスで、イルカが最後の大技を決めてこの日一番の拍手が湧き起こる。ちらりと浅海の顔を盗み見ると、濡れた髪の毛が彼女の頰に張りついていた。その表情は満足げで、綺麗だと俺は思った。

「以上でイルカショーは終わりになります。イルカたちと、そしてアシスタントを務めてくれた高校生のふたりに拍手をお願いします！」

トレーナーの締めの挨拶のあと、万雷の拍手とはいかないもののスタジアムに軽く反響するほどの称賛をいただいた。

俺は謙虚にぺこりと頭を下げたが、浅海はトレーナーのお姉さんの如く両手を上げて忙しなく大きく振っていた。その姿がなんだか可笑しくて、不覚にも笑ってしまう。

俺の笑みに気づいた浅海は目が合うとにこりと微笑み、俺は俯く。なんだかわからないけれど、女性恐怖症とは別の汗をかいた。

「三日間、お世話になりました。とても楽しかったし、社会勉強にもなりました。本当にありがとうございました」

ミーティングルームに飼育員たちが集まり、浅海は慇懃な挨拶をする。それにならい、「ありがとうございました」と俺も深く頭を下げる。

「これ、頑張ってくれたから、ふたりにプレゼント」

相好を崩した佐伯さんが無料チケットを一枚ずつくれた。

ありがとうございます、とふたりで頭を下げてそれを受け取る。

おそらくもう二度と見られないであろうバックヤードの場景を目に焼きつけ、もう一度会釈をして館内へと続く扉へ向かった。

それから俺と浅海は館内の入口まで移動し、さっそくもらったばかりのチケットを使おうとしたが、「三日間頑張ったから、今日は無料でいいよ」と、受付のおばさんがそう言ってくれた。

また今度デートで来なさい、とおばさんは最後に付け加える。俺は聞こえなかったふりをしてそそくさと館内へ進んだ。

「ねえ見てよー。オジサンだって。あっちにはイトウって名前のお魚がいる。人間みたいで面白いね」

さっそく水槽内の生物をふたりで見て回る。いつもはひとりで来ているからか、なんだかむず痒い気持ちになる。緊張して意識が隣に向いてしまい、集中して魚の観賞ができない。隣とはいっても相変わらず間に三人分の距離を保っているけれど。

「ねえねえ。この水槽、サメが泳いでるけどほかのお魚食べちゃったりしないのかな？」

巨大回遊水槽の中の生物をじっくりと時間をかけて眺めていた浅海は、ふと目に留まったらしいサメを指さして聞いてくる。俺は海洋生物博士ではないけれど、その程度のことなら知っているので、我が物顔で水槽内を泳ぐサメを目で追いながら答える。

「放っといたら食べちゃうけど、飼育員さんがちゃんと餌を与えてるからほかの魚たちと共生できるんだよ。でもまあ、小さい魚が食べられちゃうことはたまにあるらしいけどね」

へえ～と浅海は感心したように小刻みに頷き、鞄の中から手帳を取り出してメモを取り始めた。レポートに書くためのものだろうか。さりげなく背後を通ってメモを覗くと、『サメはお腹がいっぱい』と書かれていて俺は笑いを堪えた。

浅海は次に、彩り豊かな魚たちが群れを成して泳ぐ水槽の前に行き、ガラスに鼻先がつきそうなほどの距離で見入る。その横顔は子どもが見せるような幼いもので、俺は苦笑して彼女をそこに残し、次の水槽へ移る。

そこではカワウソがハンモックに揺られ、気持ちよさげに眠っていた。

「崎本くんはどのお魚が一番好きなの？」

悠々と泳ぐナポレオンフィッシュを慈しむように眺めていたとき、浅海が俺の横に来てそんなことを口にした。

一歩距離を取ってから、「クラゲ」と即答した。すると浅海は、「クラゲのどんなところが好きなの？」とさらに訊ねてくる。

「どんなって、まあ、生態を知れば知るほどわからなくなるとこかな。まだまだ謎が多い生物で、体長が数ミリから二メートルを超えるものまでいて、こんなに個体差がある生物は珍しいんだ。それに若返ったり、自ら光を放ったり、クラゲ食のクラゲもいたり、脳や心臓や血管もないのに生きてたり、種類も豊富で確認されてるだけで地球上に数千種類もいてさ、形も千差万別で面白い。ミステリアスで、でも見ていると癒される。近年はオワンクラゲの研究で緑色蛍光タンパク質を発見してノーベル化学賞を受賞した人もいて、かなり注目されてる。まあでも、一番の魅力は癒しかな。なにか嫌なことがあったり、気が急いてるときなんかにクラゲを見ていると荒んだ心が癒えていくんだ。『のんびりゆっくり生きようよ』ってクラゲに慰められてる気がしてさ」

クラゲの存在が今日まで俺の心を支えてくれたと言ってもいいくらい、何度も励まされてきた。幼い頃母から虐待を受け、心が弱ったときは毎回クラゲ水槽の前に足を運んだ。そうすると負ったダメージが不思議とリセットされるのだった。

はっと我に返り、浅海の顔を覗くと彼女は口角を上げてこちらを見ていた。

「そんなにすらすら喋る崎本くん、初めて見た。本当にクラゲが好きなんだね」

にんまりと満足そうな表情の浅海を見て、顔が熱くなる。つい我を忘れてクラゲ愛を爆発させてしまった。

穴があったら入りたいと思いながら向けた視線の先には、チンアナゴがすっと巣穴に顔を引っこめていた。今だけはチンアナゴになりたかった。

「クラゲの水槽この先だから、早く行こうよ」

進行方向を指さして浅海は進んでいく。噴き出てきた汗をハンカチで拭ってから彼女を追った。

「うわぁ。綺麗すぎる」

クラゲエリアに移動した浅海は、目を輝かせて感嘆の声を上げる。俺もあとに続き、アーチ状の入口をくぐる。ちなみにそのアーチもガラス張りになっていて、見上げるとクラゲが浮遊しているのだ。

この入口だけで十分は見ていられるが、今日は同行者がいるので歩を進める。

ほかのところより薄暗いクラゲエリアに足を踏み入れると、正面のカラフルにライトアップされた幻想的な水槽の中を、大小さまざまなクラゲたちがたゆたうように泳いでいる。

このエリアはサンライズ水族館でも人気のエリアで、赤や白、青から紫へと移り変わる照明が見事に日常から乖離《かいり》した空間を演出していた。

「クラゲってかわいいね。何時間でも見ていられるね」

その言葉には強く共感し、「そうなんだよ」と思わず弾んだ声を出してしまう。またやってしまった、と緩んだ口元を引き締める。

浅海はそんな俺の高揚を見逃さなかった。

「崎本くんさ、学校でもそうやって笑ったらいいと思う。素敵だよ、その笑顔」

慌てて顔を背ける。言われたとおり、たしかに俺は学校ではあまり笑ったことがないかもしれない。それよりもそんなセリフを恥ずかしげもなく言い放つ浅海の目がまっすぐで、逆にこっちが照れてしまう。

今日は比較的控え目だった汗がまた噴き出してきた。俺は答えずに目の前を浮遊するように水中を漂うクラゲを見つめる。ガラスにわずかに映る俺の表情は、明らかに動揺していた。

「クラゲの豆知識、ほかになにかないの？」

ややあってから、浅海は雑に訊ねてくる。

だから知っている雑学は多々あるが、その中で気に入っているものをチョイスする。

「有名な話だから知ってるかもしれないけど、クラゲって死んだら水に溶けて消えるんだ。体の大半が水分でできてるから死ぬと細胞の結合が崩れて溶解するんだけど、ちょっと羨ましいなって思う。俺も自分が死んだらそうなりたいってずっと思ってた。透明な水の中で消えたら死んだことすら気づかれないい。水じゃなくて、空気に溶けてもいい。そうやって誰にも気づかれずに消えていけたら、はじめから存在しなかったことになりそうで、すごく羨ましいって思ったんだ」

クラゲの生態を知ったとき、俺も死ぬときはそうなりたいと強く願った。なにも考えずに海中の流れに身を委ね、漂流するように無骨に生き、やがて溶けて消える――。

俺が死んだら葬式や墓参りに来る人間は、どれくらいいるのだろうか。心の底から悲しんでくれる人は、何人いるのだろうか。

死神に余命宣告をされたとき、実は真っ先に浮かんだ疑問だった。クラスの連中はきっとなんとも思わないだろうし、父は再婚相手と一緒になれてせいせいするかもしれない。母は葬儀に出席するかどうかも怪しいし、こちらもそれを望まない。だったらいっそのこと死ぬときは誰にも気づかれることなく、クラゲのように跡形もなく消え去ってしまいたいと常々思っていた。

俺が自分の死因を知りたいと強く思うのは、もしかしたらそのせいかもしれなかった。

浅海は少しの間黙りこんだあと、水槽の中に目をやった。

「……でもそれってさ、すごく寂しいことだと思う。誰にも気づかれずに溶けて死んじゃうなんて、私は嫌だな。自分が生きた足跡はちゃんと残したいし、自分がいなかったことになんてしたくない。きっとクラゲだって消えてなくなるの望んでないと思うなぁ、わかんないけど」

俺の意見を婉曲に否定する彼女の方が正しいと思うから、俺は沈黙する。

もしも俺と浅海が宣告どおり同じ日に死んだとしたら、葬儀はどうなるのだろう。同じ日に別の会場で執り行われるのか、それともずらしてちがう日にするのか。きっと彼女の葬儀は涙で溢れ、哀惜に満ちたものになるのだろうなと容易に想像できた。

「でも、たしかにちょっと羨ましいかも」

「……なにが？」

「私もクラゲのようにふわふわとのんびり生きたいなって。嫌なこととか、悩みごともなさそうだしね。だから私もクラゲになりたい」

「……そっか」

割とのんびり生きているように見えるが、浅海にも悩みごとのひとつやふたつはあるのだろう。一瞬だが彼女の表情が曇ったように俺には見えた。関川が言っていた、浅海の病気のことが頭をよぎった。

そこからもう一度回遊水槽の前まで戻る。近くに休憩スペースがあり、ふたりでベンチに腰掛けて目の前の巨大水槽を見上げていた。

ゆったりと泳ぐ魚たちをぼんやりと眺めていると、不思議な気持ちになった。女子とこうやってふたりで水族館にいるなんて、俺の人生には絶対にありえないことだった。

ここが俺の心のオアシスだからか、もしくは水族館特有の薄暗さのおかげか。それとも俺と同じ日に死ぬ運命という、見えないなにかに繋がれているからこんな気持ちを抱いてしまったのか。

いったいなにが要因なのか判然としないが、今は汗ひとつかかず、どうしてか冷静でいられた。ここから一歩でも外に出たら、きっといつもの俺に戻ってしまうような気がした。だからその前に、自分が平常心でいられるうちに、思い切って彼女に問いかける。

「あの、聞いた話なんだけど、浅海ってどこか体悪いの？　去年は二ヶ月くらい学校を休んだって聞いたけど、なんか、そんなふうには見えなくて……」

浅海の顔は見られなかった。言い終えた途端にじわじわと全身に汗がにじんできた。沈黙が長くて聞いてはいけなかったのだろうかと不安になる。聞くにしても直球すぎたかもしれない、と後悔する。

頬を伝った汗がぽたりと床に落ちた。彼女がこんなに長く閉口しているのは異常だと判断し、謝ろうとして俺が口を開くより先に、浅海が声を発した。

「うんとね、私、肺の病気で通院してるんだ。今の医学では完治は難しいって言われてて、長生きするには移植手術を受けるしかないって。だから今はドナーが見つかるのを待ってる状態。でも最近は安定してるから、どうってことないんだけどね」

浅海は重量のある話を、軽々しい口調で言ってのけた。まるで自分のことではないような、どこか諦観しているような様子で。

「移植手術……」

浅海が返した言葉の中で、最も強く残ったものを繰り返す。彼女が移植手術を受けなければいけないほどの重篤な病を患っているなど、想像もしたことがなかった。

ちょっとそこまで旅行に行くと言われ、着いた先がアフリカだったような、そんな未知の衝撃。

普段の朗らかな彼女の姿と、移植という不穏な言葉は到底結びつかなかった。

「そんな顔しないでよ。べつに今すぐ手術しないと死んじゃうとかじゃないんだし。でもこのまま放っておくと歩くだけで息が切れたり、重いものが持てなくなったりするんだって」

浅海はまた、他人事のように呟いた。

俺は言葉を失う。話を聞くたびに、それまでは半信半疑だった彼女の死が身近なものへと移り変わっていく。彼女の余命を知っているせいか、不確かだった死が実体を伴って俺に重くのしかかった。

浅海は病死だ。俺はそう確信した。

彼女はおそらく、その病によって命を落とすのはまだ先のことだと思っている。今は体調が安定しているからと、安心しきっている。だから彼女の言葉には一刻を争うような逼迫したものがなかった。自分の死を、遠い未来の話だと思っているのだろう。

だったら俺は、伝えるべきではないのか。彼女を絶望の淵に突き落とすことになるかもしれないけれど、死神がそうしたように宣告するべきではないのだろうか。

心臓が早鐘を打ちはじめる。どう切り出すか逡巡していると、浅海はさらに続ける。

「でも私ね、ドナーが見つかったとしても、手術を受けるか迷ってるんだ。肺移植はほかの臓器移植より術後あまり長くは生きられないらしくて。私はこれでも毎日楽しく生きてるし、幸せだとも思ってる。だからドナーが見つかっても、私より苦しんでる人に譲ってもいいかなって」

その言葉に絶句する。

俺は彼女の顔が見られなかった。どんな顔で話していたのかわからないけれど、きっと優しく微笑んでいるのだろうなという気がした。

浅海のような前向きな人間は、そんな後ろ向きな考え方はしないと思っていた。もし余命宣告をされたとしてもなにがなんでも生にしがみついて、生きることを諦めないやつなのだと思っていたのだ。

移植手術しか助かる見込みがないと告げられた本人にしか、理解できない気持ちなのかもしれない。このとき初めて、彼女の心の繊細な部分がちらりと見えたような気がした。

「私は私の体がもつまで、人生を楽しむことにしてる。特別なことはしないで、今目の前で起きてることや、やるべきことに精一杯取り組んで、全力で楽しむって決めてるんだ。人生百年って言われてるけど、そんなの気にしてない。人それぞれ与えられた時間はちがうんだから、その与えられた時間をどう楽しむかでいいんだと思う。いつ死んでもいいように、毎日を全力で楽しめば明日死んだとしても、後悔は残らないと思うから」

浅海が言い終えた直後、閉館を知らせるアナウンスが館内に流れた。閉館時間である午後五時の十分前になると、寂しげなオルゴールの音色とともに流れるものだ。

俺と浅海は案内に従い、席を立つ。外へ出るまでは、ふたりとも無言だった。

「じゃあ、明日学校でね」

バス停まで歩いたところで浅海と別れ、彼女は手を振り去っていく。浅海がなにか話していた気がしたが、まだ少し動揺していて耳に入らなかった。

「あの……」

背を向けて歩いていく浅海を呼び止める。彼女は振り返ると、「なに？」と俺の目を見つめて聞き返す。イルカショーで濡れた髪は、すでに乾いていた。

「さっきの話だけど、どうして俺に教えてくれたの？　ああいう話って、普通仲のいい友達にも話しにくいと思うんだけど……」

俺と浅海は、この三日間の付き合いでしかない。明日からまた同じ教室に戻るけれど、俺たちの関係ももとどおりになってしまう気がしていた。

いくらか言葉を交わして距離が縮まったのもきっと今日までだと俺は思っている。

そんな俺になぜ大事なことを話す気になったのか、理解ができなかった。普通はごまかしたりするだろうし、本当のことを話してくれるとは思っていなかった。

「べつに、隠すことでもないと思ったから。私が抱える病気も含めて、私だから。それにさ、もし私が明日急に死んだら、崎本くんびっくりするでしょ？　そうやって迷惑かけたくないから聞かれたら答えるようにしてる。いよいよやばくなってきたら、クラスの皆にも話そうって思ってる。もう知ってる子も何人かいるけどね」

浅海は最後まで笑顔を崩さずに、きっぱりと言い切った。話を聞くに、彼女は自分の命を諦めているのではなく、死ぬ覚悟ができているのだ、と感じた。

だから俺のように投げやりにではなく、全力で毎日を生きている。この三日間彼女と一緒にいたから、俺にはわかる。

「あ、バス来たから、またね」

浅海は俺に向けて大きく手を振った。

なんとなく、浅海がいつも忙しなく喋り続ける理由がわかったような気がする。おそらく彼女は一分一秒をも無駄にしたくないのだ。

俺はさっきまで、彼女は自分が死ぬのはまだ先のことだと思っているのだと感じていたが、そうではなかった。自分がいつ死んでもいいように、浅海は喋り続ける。どれが彼女の最後の言葉になってしまうのかわからないから、浅海は必死に言葉を紡ぐのだ。

　彼女がバスに乗りこみ、発車したのを見送ってから俺は自転車に跨る。

　ゆっくりとペダルを漕ぎ、今日一日の出来事を頭の中で反芻しながら帰路についた。

「あ、崎本くんおはよー」

　翌日、学校の駐輪場で数人の友人たちと登校してきた浅海に声をかけられ、俺は緊張のあまり「あ……うう……」と変なうめき声を漏らしてしまった。

　複数の女子の視線を浴びて持病が出たのと、校内で浅海に話しかけられることに慣れなくて動揺してしまったのだ。

「なにあれ、ウケる」

　浅海の友人のひとりが俺の反応を見て嘲笑う。

　肌寒い季節でも汗は否応なしに噴き出てくる。呼吸法を忘れてしまい、彼女たちが去ってから俺は深く息を吐く。浅海は心配そうに俺を見ていたが、友人に連れられ昇降口へと向かっていった。

　ポケットからハンカチを取り出して額の汗を拭い、深呼吸してから校内へと足を踏み入れた。

　その日の授業中も俺は板書を書き写さず、ノートの浅海のページに昨夜調べた情報を追加していく。

昨日俺は帰宅してすぐに、肺移植についてインターネットで調べた。ネットにある情報だから必ずしも正しいとは限らないが、いくつか有益なものもあった。

肺移植を受けるには、移植のほかに治療法がなく、かつ二年生存率が五十パーセント以下であるなど、いくつか条件があるらしい。誰でも手術を受けられるわけではなかった。症状が芳しくなく、かつ手術によって快復の見込みのある患者が対象になる。

浅海が言っていたようにほかの臓器移植に比べ、術後の生存率が極めて低い。肺移植後は拒絶反応が起こりやすいようで、免疫抑制剤や抗生物質等の数種類の薬を死ぬまで飲み続けないといけないらしい。リハビリもあるし体には傷が残ってしまう。

浅海は当然その辺りの説明を受けているはずだから、あまり移植手術に前向きではないのかもしれなかった。きっと生活にもさまざまな制限が設けられるのだろう。そうなると我慢を強いられ、彼女の言う全力で人生を楽しむことができなくなってしまう。

だが手術を受けるか否かは浅海の自由だし、俺が口を挟むことでもない。

ノートに書いてある浅海莉奈という文字の横に、俺は『病死（濃厚）』と新たに追加した。

浅海の死因はおそらく、ドナーが見つからないことによる病死だろう。ただその場合、なぜ俺も死ぬことになるのか不思議でならなかった。

同じクラスの生徒が同じ日に死ぬとなれば、なにかしら繋がりがあると考えるのが自然だ。偶然同じ日に、それぞれちがう場所で命を落とすことになってしまうのだろうか。確率は低いと思うがそういうこともあるのかもしれないな、と今は結論づけた。

俺はノートを閉じて窓側の席に座る浅海に視線を向ける。彼女は俺とはちがい、真面目に授業を受けて一生懸命ノートをとっていた。

「ねえ崎本くん。放課後図書室で職場体験のワークシート一緒に書かない？　なんかほかの子たちも同じ職場を訪問した人同士で集まって書くらしくて」

昼休みに自分の席でひとりで弁当を食べていると、浅海が俺の机に手をついて言った。

水族館内では比較的抑えられていたが、やっぱり教室ではそうはいかないらしい。俺はいつものように大量に汗をかいていた。この汗も含めて俺なのだ、と浅海の言葉を引用して心を鎮め、「べつにいいよ」と努めて冷静に返事をした。

浅海は相好を崩し、「ありがとう」と言い残して教室を出ていった。

深く息をついてから弁当の残りを食べる。ふと隣から視線を感じ、目を向けると関川がにやにやと腹立たしい顔で笑っていた。

「よかったね、崎本くん。水族館で浅海と仲良くなれたみたいで」

「べつに、仲良くなってないよ」

「またまた、照れちゃって」

「うるさいな」

俺は言いながらウインナーを乱暴に箸で刺し、口の中に放りこむ。彼が浅海の病気のことを詳しく知っていて、その情報を先に俺に売ってくれていたらあれほどショックを受けることはなかっただろう。

関川は肝心なことは知らず、どうでもいいことしか知らないのだ。でも、そんな大事な話を金で売るやつじゃなくてよかったとも思った。

「それより今日は百円だけど、買うかい？」

関川は焼きそばパンを頬張りつつ、指で円の形をつくる。俺は顔をしかめて、わずかな期待を込めて彼の机の上に百円玉を置いた。

「浅海の誕生日は……十二月二十五日らしいよ」

関川は言い終えると百円玉をひょいと摑んでポケットに入れ、「ジュース買ってこよー」と焼きそばパンを食べながらのしのし歩いていった。俺は机の中からノートを取り出し、浅海のページを開いて新たに得た情報を書きこむ。

『誕生日、十二月二十五日』

書いた直後、大きくバツ印でその文字を消した。俺と浅海が死ぬのは十二月十五日だ。つまり浅海には、十七歳の誕生日はやってこない。その前に彼女の肺は限界に達し、力尽きてしまうのだ。

やっぱり関川は、いらないことしか教えてくれない。俺はノートを閉じて机の中に入れ、心を痛めながら黙々と弁当を食べた。

放課後になると俺は席を立ち、普段はあまり立ち寄らない図書室へ向かった。賑やかな廊下を突き進み、階段を下る。下りた先に図書室はあった。

放課後の図書室は深閑としていて、利用している生徒は少なかった。浅海は教室で友人たちと談笑していたので、少し遅れて来るのだろう。

適当な席に座って待っている間、俺は携帯を開いてデータフォルダの中にある動画を見はじめる。体験中に許可を得て水族館内で撮ったもので、水槽内やバックヤードを撮影したものもあり、改めて貴重な経験だったなとつくづく思う。

最終日の動画には、クラゲの水槽に目を奪われる浅海の姿があった。ただこれは、浅海を撮ろうとしたわけではなく、離れた場所からクラゲを撮影しただけだと自分に言い訳する。クラゲを撮ったら偶然浅海が映りこんだだけだと自分に言い聞かせ、画面を閉じる。

「崎本くん、私のこと盗撮してたんだね」

「うわっ」

真後ろからの声に、びくりと体が跳ねる。俺のリアクションが可笑しかったのか彼女はけらけら笑いながら向かいの椅子に座った。

「盗撮はだめなんだよ」

「いや、ちがくて。クラゲを撮ったら浅海が映りこんだというか、俺もびっくりしたよ」

「ちょっと。人を心霊写真みたいに言わないでよ」

笑顔のまま浅海は言うと、鞄の中からワークシートを取り出して開く。俺も動揺しながら鞄を漁る。くしゃくしゃになったワークシートが出てきて必死にしわを伸ばした。それを見た浅海はさらに笑う。

「それ、先生に怒られるよ」

大丈夫だよ、このくらい。たったそれだけのセリフなのに、何度もつっかえてやっとのことで言えた。水族館ならともかく、どうしても学校という日常の空間ではうまく言葉を交わせない。

しまいには「そんなに暑い？」と汗の心配までされてしまう。けれど、体験学習以前と比べるとこれでも幾分落ち着いている、気がする。

その後俺たちは、意見を交わし合ってレポートを作成した。正確に言うと浅海の意見に対し、俺が「うん」と答えていくだけのものだったが、ふたりで協力したおかげかレポートは一時間足らずで首尾よくまとまった。

「よし！　これでばっちりだね」

浅海は椅子の背もたれに体を預け、ひと息ついた。俺は筆記用具とワークシートを鞄に戻し、速やかに帰り支度を整える。汗は引いてくれたがこの状況に慣れなくて、早く図書室から出たかった。

次からは対面ではなく席をひとつ空けて横並びで座ろうと心に決めた。最近は浅海と話すのは楽しいのだが、顔を見ると緊張して言葉に詰まる。

「あ、待って。途中まで一緒に帰ろうよ」

席を立った俺を呼び止めて浅海は提案する。歩きながら話すのであれば顔を見なくて済むから、俺はその案に乗った。

「うん、いいよ」

学校の外に出ると、俺は自転車を押して浅海と並んで歩いた。ちょうど俺と浅海の間に自転車があるから落ち着いていられる。浅海はひとりごとのような言葉を発し続けるが、俺は昨日調べた肺移植のことで頭がいっぱいだった。

「昨日の肺移植の話、気にしてる？」

俺の心中を読み取ったかのような、唐突なその言葉にどきりとする。足を止めた俺を見てイエスと捉えたのか、彼女は続ける。

「まあそうだよね。クラスメイトが肺移植の待機患者って言われたら、やっぱショックだよね。ちょっと前に病気のことを友達に話したら、その子泣いちゃったんだ」

やっぱり迂闊に言わない方がいいのかなぁ、と彼女は空を見上げながらぽつりと付け加える。

「ちなみに……今の待機期間はどれくらいなの？」

俺は曖昧な質問をしてお茶を濁した。

昨日閲覧したサイトによると、肺移植の平均待機期間はおよそ二年半。待機期間が長くても適合するドナーが見つからなければ、手術を受けることはできないのだ。

「えっとね、だいたい一年弱くらいかなぁ。でも、待機期間って言い換えたら提供者が死ぬのを待つ期間なんだよね。そうやって誰かが死ぬのを待つのって、ちょっと辛い。せっかく肺をもらったとしても、その先の人生が幸せとは限らないし」

俺はまた、曖昧に頷いた。それも彼女が移植手術に前向きではない理由のひとつなのかもしれない。誰かが死んで健康な臓器を提供してもらい、手術をして臓器を入れ替えて誰かが生き長らえる。提供者は自らの意思でそうしているとはいえ、当の待機者である浅海の胸中は複雑なのだろう。

ドナーが見つかるときは誰かが死んだとき。素直に喜べるはずもないという浅海の主張もわからなくはなかった。けれど生きるにはそうするしか方法はないのだ。どこまでお人好しなのだと俺はため息をつく。

「まあそういうことだから、あんまり気にしなくていいよ」

浅海は朗らかな口調で俺を気遣う。そう言われても今さら聞かなかったことにはできなかった。

帰宅してすぐに、夕飯の調理に取りかかる。ハンバーグをつくろうと玉ねぎを刻んでいると、涙が溢れてきた。それに乗じて俺は思いっきり泣いた。なにに対しての涙なのか、自分でもわからない。でも、どうしてか涙が止まらなくて延々と泣き続けた。

第二章　アジフライ定食

その週の土曜日、特にやることもなかったので俺は改めてゼンゼンマンについて調べてみることにした。パソコンを起動してゼンゼンマンと入力し、検索をかけると彼の公式ツイッターと、いくつかのまとめサイトが表示される。そのうちのひとつをクリックする。

年齢、性別、本名や国籍など、あらゆる個人情報は不明で、わかっていることは彼は神出鬼没の予言者であること。予言とはいっても彼が扱うものは人の死のみで、九十九日以内に死ぬ人間がわかるということまでしか現在は明らかになっていない。

もちろんネットの情報だから、どこまで真実なのかはわからない。誰かが面白半分に書いた記事かもしれないので鵜呑みにはできないが、ひとつだけ確かなこともある。

それは彼のツイッター上の予言的中率は百パーセントであるということだ。予言者といえばノストラダムスやババ・ヴァンガなどが有名だが、的中率百パーセントという数字は聞いたことがない。彼の予言はそのツイッターアカウントに今もしっかりと残されており、その驚異的な数字の真偽を疑う余地はなかった。

ゼンゼンマンの最初の予言は今から約三年前。とある人気俳優の死を予告し、見事に的中させた。当初は彼のツイートに興味を示す者はいなかったが、当の本人が亡くなったあと、誰が見つけたのかは知らないが彼のツイートは掘り起こされ、一気に注目を浴びたのだった。

第二、第三の予言も的中させ、いよいよ本物の死神が降臨したのだとＳＮＳ界隈は騒然となった。その後も彼は有名人の死を次々と言い当て、やがて一般人にもその手を伸ばしはじめる。

ゼンゼンマン宛てに写真付きのメッセージを送りつける者があとを絶たず、俺もそのひとりとなって死の宣告をされた。彼は死に方や時間帯までは教えてくれない。寿命が見えた場合だけ、いつ死ぬのかを教えてくれる。

その後もゼンゼンマンに関するサイトをいくつも閲覧したが、それ以上のことは書かれていなかった。

パソコンを閉じて携帯を手に取る。ベッドに寝転んでツイッターを開き、メッセージが来ていないか確認してみるが、一件たりとも届いておらず、既読すらついていなかった。

俺は試しに、ツイッターのキーワード検索に『ゼンゼンマン』と入力してみる。すると関連のツイートがずらりと表示された。その一件一件に目を通していく。

『うわー最悪。ゼンゼンマンに余命宣告されたんだけど。私、あと三十二日で死ぬらしいです』

それは一ヶ月ほど前のツイートだった。そのアカウントの人物は二十代くらいの女性で、最後のツイートは約一週間前。

『今日で私死ぬらしいけど、ぶっちゃけ信じてない。なので普通に仕事行ってきまーす。終わったら生存報告するねー』

それ以降一週間、更新はされていなかった。そのツイートにはいいねが三万件、リツイート八千件にコメントも多数寄せられていた。

『死んだふりすんなよ』

『生きてますかー？』

『まじで死んだっぽくない？　この人毎日ツイートしてたのに、めっちゃ怖いんだけど』

『ご冥福をお祈りいたします』

『どうせ生きてるって。ただの釣りだよ』

彼女の安否を憂慮するコメントや懐疑的な言葉を残す者など、その数は半々でコメント欄は荒れに荒れていた。おそらく彼女は亡くなったのだろうと俺は受け止め、追悼の意を込めていいねを押した。

画面を閉じようとしたとき、一件のツイートが目に留まる。

『R』というアルファベット一文字のアカウント名の人物で、プロフィール画像は設定されておらず、性別も年齢も不詳だが、興味深いツイートをしていた。それは二日前に投稿されたものだった。

『私はゼンマンに余命宣告をされました。同じ人いませんか。助かる方法だとか、情報交換がしたいです。ちなみに私はあと四十一日の命らしいです』

果たして助かる方法なんてあるのだろうかと、Rの縋るようなツイートを見て疑問に思った。助かる方法なんて考えたこともなかったし、そもそも死を回避するなんて可能なのだろうか。

ゼンゼンマンに死を宣告された時点で、死は避けられない運命なのだと件のまとめサイトにも記載されていた。けれど、もし回避できる方法があるとしたら……。

浅海の顔が一瞬頭をかすめたが、俺は考えるのをやめた。俺は生き長らえるつもりはないし、浅海に至っては病死が濃厚なのだ。彼女には移植手術以外に助かる方法など存在しない。

彼女だって死の運命からは逃れられないのだと心ではわかっているのに、気づけば俺は、R宛てにメッセージを打っていた。

『Rさん初めまして。俺もゼンゼンマンに余命宣告をされました。あと五十四日の命です。俺以外にも同じ人がいるんだと知って思わずメッセージを送りました。突然のDM失礼しました』

メッセージを送り終えると携帯の画面を閉じる。ひと息つく間もなく通知が鳴り、見るとRからの返信が早くも届いていた。

『光さん。メッセージありがとうございます。すでにたくさんの方からメッセージをいただいているのですが、中にはいたずらで送ってくる者もいます。失礼ですが、ゼンゼンマンとのDMのやり取りの画面を収めた写真を送っていただけると幸いです。よろしくお願いいたします』

丁寧にそう綴られていた。俺は言われたとおり、ゼンゼンマンとのやり取りをスクリーンショットして添付し、返信を送る。

ほどなくしてRからメッセージが届き、その日は一日中連絡を取り合った。

そのRと会うことになったのは、一週間後の日曜日のことだった。あれから何度か連絡を送り合い、一度会ってみないかという話になったのだ。文面から読み取るにRは女性なのではと躊躇ったが、俺のほかにもゼンゼンマンに余命宣告された人がふたりいるらしく、計四人で集まるとのことだったので誘いに応じた。

話を聞くとRは偶然にも近隣に住んでいるらしい。しかしほかのふたりは遠方に住んでいるとのことなので、中間地点で落ち合うことになった。

『目的地まで車で向かうので、よかったら一緒に乗っていきませんか』

前日の土曜日の夜、Rからメッセージが届いた。画面上でしか言葉を交わしていないし、もし女性だったらと思うと怖くなったのでその申し出には婉曲的に断りを入れた。ほかのふたりの人物についても一切話は聞いていないので、どんな人が来るのかはわからない。

日曜日の朝早くに俺は家を出て、電車を乗り継いで目的地へ向かった。

昔からお年玉を貯金しているので、交通費はそこから捻出した。残金にまだ余裕はあるが、全額は引き出さずに残しておいた。俺に残された一ヶ月半で、必要になることがあるかもしれないから念のために。

電車に揺られながら、ふと浅海は今頃どうしているだろうかと想像する。彼女のことだから休日も休むことはせず、どこか旅行にでも行っているのかな、と思った。

『もうすぐ着きます』とRにメッセージを送る。次の駅の、徒歩五分のところにあるカフェが待ち合わせ場所となっていた。

『東で予約を取っているので、先にお店で待っていてください』

電車を降りるとRから返事が届く。読み方はアズマなのかヒガシなのか迷ったが、『わかりました』と返事を送り携帯をポケットに入れる。

正直言うと、今回の集まりに俺はあまり気乗りしていなかった。死にゆく者同士集まってなんの意味があるのか。ただ傷の舐め合いになるだけではないのか。断ろうと何度も思ったが、Rの言葉が胸に引っ掛かり、招集に応じたのだった。

『もしかしたら、助かる方法があるかもしれません』

俺ひとりの問題であれば、Rに連絡すらしていなかったと思う。俺は助かりたいとは思っていないし、むしろ早くその日が来てほしいとさえ思っている。それなのにRの誘いに応じたのは、死なせたくない人物が脳裏に何度もよぎったからだった。

望みは薄いとしても、無駄だとわかっていても彼女のことを思うとじっとしてはいられなかった。

駅舎を出ると、地図アプリを起動して目の前の横断歩道を渡る。案内に従い、目的地であるカフェまで歩いていく。

「あの……ヒガシで予約してると思うんですけど……」

入店するとおずおずと女性店員に声をかける。彼女は予約表に目を落とすと、「もしかして、アズマ様ではないでしょうか。四名様でご予約の」と躊躇いがちに言った。

「あ、それです」

二択を外して気恥ずかしい思いを抱きながら女性店員のあとについていく。

「こちらの席になります」

案内された席には、先客がいた。

「こ、こんにちは」

「ああ、どうも。君がR……じゃないよな」

紺色のジャケット姿の男性は俺の顔をじろじろ見たあと、アイスコーヒーを口に含んだ。髪は短めで痩身。三十代前半くらいに見えた。

「崎本といいます。高校二年です、よろしくお願いします」

なにをよろしくするのかわからないまま、最初に会ったのが女性でなかったことに安堵して俺は彼の向かいの席に腰掛けた。彼はジャケットの内ポケットから名刺を取り出し、雑に片手でそれを俺に渡す。

名刺によると彼の名前は葛西正則《かさいまさのり》。ウェブライターを生業としているらしかった。

「今度な、ゼンゼンマンの記事を書こうと思ってるんだ。だから仕方なくこんな胡散臭い集まりに参加したんだよ。死神に余命宣告された憐れな若者にインタビューができるならと思ってね」

立派な髭《ひげ》を蓄えた葛西さんは、ずずずと下品な音を立ててアイスコーヒーを啜る。俺は返答に窮して、とりあえずコーラを注文した。

「で、君はあと何日の命なの？」

葛西さんは鞄の中からメモ帳とボールペンを取り出し、前のめりになって聞いてくる。

「えっと、たしか四十六日だったと思います」

「それで？　今の心境は？」

「いや……とくには」

「うーん、冷めてるね、君。もっとこうさ、切羽詰まった言葉がほしいんだよねぇ。それじゃ記事にならないよ」

すみません、と俺はひと言謝る。まさか取材を受けることになるなんて想定外で、圧倒されていた。

「あの、もしかして今日って、そういう集まりなんですか？」

「そういう集まりって？」

「その……取材というか」

「あれ、Rから聞いてないの？　今日は俺、インタビューのつもりで来たんだけど」

謝礼は弾むからさ、と葛西さんは陽気に笑う。助かる方法があるかもしれないと聞いて俺はここまで来たのに、話がちがう。

「葛西さんもゼンマンに余命宣告されたんじゃないんですか？」

恐る恐る訊ねてみる。Rの話では、今日集まる人物は全員残りわずかの命だということだった。まさかそれも嘘だったのだろうか。

「されてるよ。あと十四日。でもまあ、ただのいたずらだよ、こんなの」

「そ、そうですか」

彼は言葉のとおり、まったく信じていない様子だった。俺は運ばれてきたコーラをストローで吸い、喉の渇きを潤した。

葛西さんは遊び半分でゼンゼンマンに自分の写真を送ったところ、返事が送られてきたのだと語った。信じてはいないが一時期は話題になっていたし、記事にしたら面白いと踏んでRに連絡を入れたのだという。

そこまで話すと葛西さんは席を立ち、「ちょっと煙草吸ってくる」と言って喫煙室へ消えた。

たった数分間のやり取りだったが、どっと疲れが押し寄せてくる。この隙に抜け出そうかと思った矢先、俺らの席にもうひとりの参加者が現れた。

「ごゆっくりどうぞ」

女性店員に案内されてやってきたのは、黒のリュックサックを背負った小柄な女の子だった。髪は浅海と同じようなショートボブだが、こちらの子の方がやや短めか。オーバーサイズのグレーのパーカーに身を包み、怯えた表情で俺をじっと見ている。手に汗がにじんできた。

まさか彼女がRだろうかと勘繰ったが、Rはたしか車を運転してくるはずなのでおそらくちがう。彼女はどう見ても中学生で、このわけのわからない集まりを企てるような人物には到底見えなかった。

「あ、あの……。あたし、どっちに座ったらいいですか？」

彼女は胸元で重ねた手をぎゅっと握り、声を震わせて俺に訊ねる。葛西さんの飲みかけのアイスコーヒーがテーブルに残されているので、どちらに腰を下ろすべきか決めかねているのだろう。

「どっちでも……いいと思います」

俺の声も少し震えていた。相手が年下であろうと、女性恐怖症はわずかながら発動してしまう。彼女は逡巡したのち、俺の隣にちょこんと腰掛けた。俺は腰を浮かし、窓際に数センチ移動する。

「あの……あたし、遠山花音《とおやまかのん》っていいます。中学二年です。よろしくお願いします」

「あ、はい。崎本光です。高二です。よろしく」

彼女はなぜか泣きそうになりながら自己紹介をしたので、俺はできるだけ穏やかな口調で名乗った。さりげなくメニュー表を渡すと、彼女は震える手で呼び出しボタンを押し、イチゴミルクを注文した。

「お、もうひとり来てる。葛西です、よろしく」

喫煙室から戻ってきた葛西さんは、名刺を彼女に手渡した。彼女もぎこちなく自己紹介をし、葛西さんは取材を再開する。

「それで、君はなぜゼンゼンマンに寿命を見てもらおうと思ったの?」

「えっと、あたしは……その……」

「ん? どうしてって聞いてるんだけど。それと、君はあと何日の命なの?」

立て続けに質問を投げかけられ、花音は困惑する。俺は助け船を出さず、コーラをちびちび飲みながら横目でふたりのやり取りを見ていた。

「あの……。あたしじゃないんです、余命宣告されたの」

花音はとても言いづらそうに俯いて声を発した。葛西さんは眉をひそめる。

「じゃあ、誰なの？」

「それは……」

彼女はゆっくりと、時間をかけて一から説明してくれた。

話によるとゼンゼンマンに余命宣告をされたのは、彼女の幼馴染の男の子らしい。彼は先天性の病を患っており、生まれたときからあまり長くは生きられないと告げられていたそうだ。最近は体調が芳しくなく、入院生活が続いているそうで、そんな中彼女はゼンゼンマンのツイートを目にしたのだという。

「安心したかったんです。ゼンゼンマンから返事が来なければ、寿命が見えてないってことだから。返事が来ませんようにって、ずっと祈ってました……」

彼女の祈りもむなしく、俺と同じように後日死神から凶報が届いた。彼女は泣きながら助けを求め、たどり着いたのがRのツイートだった。

「あと、四十一日で彼は死にます。助かる方法があるかもしれないと聞いて、今日は来ました」

ぼろぼろ涙を零しながら花音は話を終えた。

俺は憐憫の目を彼女に向ける。彼女も騙されてここまでやってきたのだ。純粋な少女のまっすぐな思いを踏みにじったRに怒りを覚え、俺は大きく息をついた。そもそも主催者が遅刻するなんてどうかしている。俺はイライラしながら空になったグラスを持ち上げ、ストローで啜る。ずびび、と下品でむなしい音が響いた。

最後のひとりが来店したのは花音が話を終えた直後。女性店員に案内されて俺の斜向かいに腰掛けたのは、金髪の青年だった。

ぱっと見た印象では二十代前半くらいだろうか。髪はやや長めで両耳にはシルバーのピアスが揺れている。色白で中性的な顔立ちには華があるが、目の下の隈が目立っていた。

「どうも、Rです。本名は東リュウジっていいます。よろしく」

想像していたRの人物像とはあまりにもかけ離れていたため、とっさに言葉が出てこなかった。誰よりも先に声を発したのは、つい先ほどまで泣いていた花音だった。

「あの、もしかして、レッドストーンズのリュウジさんですか?」

花音は目を見開いて訊ねた。初めて聞く単語に、俺は首を傾げる。

「あ、はい。そうです。まあでも、レッドストーンズでいられるのもあと三十一日だけどね」

「レッド……ストーンズ？」

　俺が口にすると、「知らないんですか？」と花音は責めるように見開いたままの目を俺に向ける。

　花音によると、レッドストーンズは中高生に大人気の四人組のインディーズバンドらしく、リュウジさんはギターを担当しているのだという。

　年明けにメジャーデビューも決まっており、今最も注目されている若手ミュージシャンなのだとか。リュウジさんは照れくさそうに花音の熱弁を聞いていたが、まんざらでもなさそうだった。

　俺も一応中高生に分類されるけれど、流行に疎いのでレッドストーンズなんてバンド名は聞いたことがなかった。

「それより、インタビューなんて聞いてないんですけど。どういうことですか」

　相手が有名人であろうと今は関係ない。俺は毅然とした態度でリュウジさんを問い詰める。彼は「まあまあまあ」と俺に落ち着けと手で制した。

「情報交換も兼ねてだから。それに報酬ももらえるんだから、ウィンウィンでしょ？」

　彼は澄ました顔で言う。注文したコーヒーがテーブルに置かれると、猫舌なのか執拗に息を吹きかけて冷ましていた。

「助かる方法、ないんですか？」

そこで花音が騙されていたことにようやく気づく。二対二の構図ができあがると思ったが、花音は「皆で持っている情報を打ち明け合って、助かる方法を考えよう」とリュウジさんにあっさり宥められ、俺は孤立してしまう。

花音は「あとでサインください」とまで言い出す始末で、俺は仕方なくその場に留まることにした。

「じゃあいろいろ聞いていくから、正直に答えてね」

葛西さんが仕切り、取材が始まった。俺があまりにも淡々と正直に答えすぎたせいか、「君はもういいや。記事にしてもあんまり面白くなさそうだから」と言われ開始十分で質問は終わった。

葛西さんは俺より花音の境遇の方が気に入ったらしく、彼女にばかり問いかける。

「その話は、彼氏には伝えたの？」

「彼氏じゃなくて、幼馴染です。伝えたい気持ちもあるんですけど、なかなか言えなくて……」

「でも、好きなんでしょ？　いや、好きなことにしよう。その方が面白いし」

花音は困惑気味に頷いたが、図星のようにも見えた。昼時なので俺とリュウジさんは軽食を注文し、ふたりでそれを食べた。花音はパフェを注文して、葛西さんの尋問のようなインタビューに如才なく受け答えする。葛西さんは時折俺とリュウジさんにも話を振ってくるが、俺はなるべく葛西さんが気に入りそうな答えを返し、無難にやり過ごした。

こうして謎の会は一時間にも及んだが、解決策は見つからずにお開きとなった。というより質疑応答がほとんどで、結局最後まで葛西さんの取材に答える形となった。

帰り際に渡された、表面に謝礼と書かれた封筒の中には、一万円札が一枚入っていた。

四人でＬＩＮＥのグループをつくり、俺は無言で店を出て駅舎へ向かう。

「待てよ光！　帰る方向一緒だから乗ってけよ！」

俺のあとを追ってきたリュウジさんの叫ぶ声が聞こえた。まだ会って間もないのに下の名前で呼んでくる馴れ馴れしさも苦手だ。

「そんな怒んなって。本当のこと話したら来てくれないと思ったからさ。同じ境遇の人と繋がりたいと思ったのは嘘じゃないんだよ」

「繋がってどうするんですか。どうせみんな死ぬっていうのに」

「皆で共有したら恐怖心とか半減するかなって思ったんだよ」

俺は軽いノリに呆れ、黙って来た道を戻る。彼はお構いなしに途切れることなく話し続ける。まるで男版の浅海だなと心の中で突っこみを入れる。

「あれだよ、あの黒いのが俺の車。遠慮しないで乗ってけよ」

彼が指さした方に目を向けると、駅舎の隣に小さなパーキングがあった。その中に新車のような輝きを放つ黒のクーペが一台停まっている。車に詳しくない俺が見てもそれが高級車であることがひと目でわかった。幼い頃、似たような車のおもちゃを持っていて一度は乗ってみたいと憧れたこともある。

人気ミュージシャンだと聞いていたが、まだデビュー前なのだからおそらく軽自動車だろうと思いこんでいたのでこれには驚いた。

「乗ってくか？」

彼の屈託のない笑顔に、「はい」と俺は答えていた。

「バンドって、儲かるんですね。こんな高そうな車に乗れるなんて」

パーキングを出て高速道路に入った辺りで、俺はリュウジさんに訊ねる。彼らの曲だろうか、先ほどから車内には重低音の効いた音が響いている。

「ああ、これ？　二十歳の誕生日に親に買ってもらったんだよ。まだ三年しか乗ってないのにもうすぐ乗れなくなるなんて、ついてねーよな」

彼は他人事のように笑う。今はサングラスをかけているので、もしかしたら目の奥では悲嘆に暮れているのかもしれない。

年明けにデビューが控えていると言っていたし、無理に明るく振る舞っているのか、それとも根明なのか、知り合ったばかりだから素顔は俺にはわからない。が、先ほど行われた会での話しぶりから察するに、人生を諦観していることだけは彼の言動から見てとれた。

「しかしお前はもっとついてないよなぁ。まだ高二だっけ？　いやーそれは辛いな、うん。辛いよ」

「俺はべつに気にしてないです。どうせそのうち死のうって思ってたし、逆に早く死ねてよかったというか、とにかく俺は悔んでないです」

嘘でも強がりでもなく、本心からの言葉が口をついて出た。死神からメッセージが届いたときから、俺の心境は今でも変わらないままだった。

「なんか冷めてんなぁ。最近の高校生って感じだな」

「そうですかね」

「ああ。偏見かもだけど、嫌なことがあったら死にたいってすぐ口にするだろ。そういうの、俺は好きじゃないな」

「……まあ、そういうやつもいますね」

「だよな」

たしかに俺は死にたいと思ったことはあるが、正しくはちがう。死にたいのではなく、消えたいのだ。死にたいんじゃなく消えたい。そこには大きなちがいがある。どうちがうのか聞かれても説明は難しいが、なにもかも捨て去って、ひっそりと消えてなくなりたい。クラゲのように、跡形もなく。

リュウジさんはそこからは無言で車を走らせた。俺はようやく車内の鼻をつくような芳香剤の香りとステレオから流れる重低音に慣れ、窓の外に視線を投げる。

防風柵が邪魔で景色は見えなかった。

「光、そろそろ着くぞ。お前ん家《ち》どの辺？」

その声に起こされ、気づけば車は一般道を走っていた。見慣れた街に戻ってきたのだと安堵する。

「まだまっすぐで大丈夫です。寝ちゃってすみません」

「ああ、いいよそんなこと。それよりお前、親には話したのか？」

なにをですか、と聞き返す寸前で口を閉じる。聞かなくてもそれがなにを指しているのか、俺にはわかる。俺らにとってそれは共通言語のようなもので、言う必要もないと思ったから彼もあえて口にしなかったのだろう。

「言ってませんよ。信じてくれるわけないし。言ったとしても、なにが変わるわけでもないし」

「まあそうだよなぁ。医者ならともかく、死神に余命宣告されたなんて誰も信じねーよな」

「リュウジさんは、信じてるんですか？」

　緩んでいた彼の表情が引き締まる。が、すぐに口元を和らげ、「どうだろうな」と意味深に呟いた。

　車内に流れていた音楽は、今はラジオに変わっている。ＤＪがリスナーからの手紙を低い美声で読み上げ、俺は黙ってそれを聞いていた。車内には辛気臭い空気が流れ、沈黙が重たかった。

「次の信号右です」と俺が言うと、「おう」とだけ彼は答える。右折したところで俺は降車を告げた。

「いいのか、ここで」

「はい。もう、すぐそこなので」

「そっか。今度飯食いに行こうぜ。奢るからさ」

　俺は頭を下げ、車を降りる。ありがとうございましたと最後に告げると、リュウジさんはクラクションを鳴らして走り去っていった。

　本当は家までまだ距離があったけれど、少し歩きたい気分だったので嘘をついた。さっきリュウジさんの見せた一瞬の表情のこわばりが脳裏に焼きついて、なかなか離れてくれない。

　やっぱり今日、行くんじゃなかったと後悔しながら、自宅までの道を歩いた。

『今週末、どこか遊びに行こうぜ』

十一月に入り、俺の余命が残り四十三日になった日の午後の授業中、リュウジさんからメッセージが届いた。四人でつくったグループトークではなく、個別に連絡が来た。

グループトークの方は基本的にリュウジさんと花音だけがメッセージを送り合い、俺は既読だけつけて無反応を貫いている。葛西さんは取材内容の確認だったり、また新たに質問を投げてきたりしたが、俺はそれにも返事はしなかった。

『考えておきます』

そう返事を送ったところでチャイムが鳴り、その日の授業は終わる。帰り支度を済ませて席を立つと、隣で関川がまた例のサインをしてきた。

「……今日はいくら？」

「七十円でいいよ」

俺は浮かせていた腰を下ろし、ポケットから財布を取り出して百円玉を彼に手渡す。

毎度、と陽気な声がお釣りとともに返ってくる。

「浅海の好きなミュージシャンは……レッドストーンズのショウヤらしいよ」

「へえ」

その言葉だけ残して関川は教室から出ていく。リュウジさん以外のメンバーは知らないが、最近知ったバンド名をここでも耳にするなんて正直驚いた。花音の言っていたように、レッドストーンズは本当に人気バンドらしい。

帰ろうと立ち上がったものの、窓を叩きつける激しい雨の音が聞こえたので一旦腰を下ろす。夕立ちだろうか、今朝は雨が降っていなかったので傘を持ってきていなかった。

止まないまでも、もう少し雨足が弱まるまで自分の席に座って待機することにした。携帯を手に取って天気予報アプリを見ると、すぐ雨は上がるらしかった。

予報を信じて三十分ほど待っていたが、雨は一向に弱まる気配をみせない。俺と同じように傘を忘れたらしい生徒が数人残っていたが、諦めたように教室を出ていき、ひとりになる。

さらに数分待っていると下校時間を告げるチャイムが鳴った。どうしようか迷っていると、教室の後方のドアが開いた。目を向けると、そこには浅海の姿があった。

「あれ、崎本くんじゃん。なんでいるの？」

「傘、忘れたから。そ、そっちこそまだ帰ってなかったんだ」

浅海の顔は見ずに、机の上に投げ出した手元に視線を落として言った。水族館とはちがって教室は明るいから、彼女の顔を直視できない。

「私の傘、誰かがまちがって持って帰っちゃったみたいでさ。雨が止むまで校内を散歩して時間潰してたんだ」

「なるほど」

雨、止まないね、と言いながら浅海は俺の真横の関川の席に腰を下ろした。空席はたくさんあるというのに、わざわざ隣に座るなんて。

立ち上がって席を移動するのも感じが悪い気がして動けなかった。彼女に背を向けて窓の方に体を向ける。この状況を打開するには、もはや雨が止んでくれるのをひたすら待つしかなかった。

「ねえ、前から気になってたんだけど」

降り止まない空を眺めていると、背後から浅海がそう切り出した。俺は振り返らずに、「なに？」と返す。

「崎本くんって、シャイなの？」

「……いや、べつに。そんなことないと思うけど」

「嘘だぁ。だっていつも話すとき目を見てくれないし、そもそも崎本くんって女子とはほとんど話さないよね」

「そうだったっけ。あんま覚えてない」

適当に答えると、汗がぶわりとにじみ出てくる。

女性の目を見て話すのは昔から苦手だった。いつかは指摘されるだろうと思っていたが、まさか今だとは。

「じゃあさ、ちょっとこっち向いてよ」

その言葉にどきりとする。汗が頬を伝い、バレないように緩慢な動作でポケットからハンカチを取り出して流れた汗を拭う。俺にとっては絶体絶命の大ピンチだ。

どうやって切り抜けるか逡巡していると、浅海はこちらに回りこんで俺の顔を覗いてきた。

「うわっち」

「あはは！　うわっちって」

思わず変な声を出してしまい、赤面する。今度は窓に背を向けて彼女から逃れるが、浅海はまた回りこんでくる。

一瞬だけ目を見て話せば満足するだろうと思い、意を決して彼女の目を見つめるが、一秒ももたずに視線を逸らしてしまった。

「ほら、やっぱり。恥ずかしがってる」

「だから、ちがうって」

「じゃあ、十秒間私の目、見られる？」

その言葉に心臓が止まりそうになった。ちょっと前に女子の間で十秒間見つめ合いチャレンジなるものが流行っていて、男子ともふざけてやっていたのを思い出した。なんでも十秒間見つめ合うと、ふたりは恋に落ちるらしい。それを俺に持ちかけてくるとはどうかしている。

浅海は関川の席に座り直し、身を寄せてこちらをじっと上目遣いに見ている。

「私は準備できてるから、いつでもいいよ」

浅海を一瞥すると、まっすぐな瞳で俺を見ていた。拭ったばかりなのに、また汗が頬を伝う。

俺は腹を決めて顔をがばっと上げる。

浅海の潤んだ瞳が俺を見つめていた。目を逸らせば負けだと自分に言い聞かせ、彼女の双眸を見つめ返す。

途端に時間が止まったような感覚に陥り、先ほどまで聞こえていた雨の音は消え去っていた。

聞こえてくるのは胸の鼓動とゆっくりとカウントアップを始めた浅海の声だけ。しかし鼓動にかき消され、目の前にいるはずの浅海の声も次第に遠のいていく。

「よ〰〰〰ん」と浅海の声が微かに聞こえたとき、汗が目に入って視界がにじみ、反射的に目を瞑ってしまった。それと同時に教室のドアが開いた。

「まだいたのかお前ら。早く帰れよー」

低い声で言ったのは担任の教師だった。彼はそれだけ言うと教室を出ていった。ありがとうございます、と心の中で担任に深く感謝する。

「あと六秒だったのにぃ」

浅海は不貞腐れたように口を尖らせて言った。その前に心臓発作を起こして強制終了していたかもしれない。俺は浅海に背を向けてまたポケットからハンカチを取り出し、顔周りの汗を拭った。

「あ、雨止んでる」

その声に顔を上げると、うっすらと晴れ間が覗いていた。先ほど雨の音が聞こえなくなったのは、ただ単に雨が止んだだけだったのか。

「また降りだしたら厄介だからすぐに帰ろう」

「あ、見て見て！　虹が出てる！」

浅海は席を立って窓を開け、携帯で写真を撮っている。雨粒がガラスに付着していて外がよく見えなかった。

俺も席を立ち、浅海のすぐ隣の窓を開けて空を見上げる。

そこには大きく弧を描いた、七色のアーチがかかっていた。

その虹を見ていると、鼓動が次第に収束していった。クラゲほどではないが、虹も少しは癒し効果があるのかもしれない。

数分が経っただろうか。ふたり無言で天を仰いでいると虹はみるみるうちに薄くなり、ほとんど見えなくなってしまった。

「消えちゃった。……また先生が来たら面倒だから、早く帰ろう」

俺は浅海にそう声をかける。

「ちょっと待って」と浅海は窓を閉め、俺に写真を見せた。

雲の合間にくっきりとかかった大きな虹。

「傘、誰かが持っていってくれてよかった。そうじゃなきゃこんな綺麗な虹、見られなかったかも」

そう言いながら浅海は微笑んで携帯の画面を見つめる。彼女のその幸福に満ちた表情と、顔の近さに再び胸が早鐘を打った。

教室の電気を消してふたりで廊下に出る。ひっそりとした廊下には、もう誰の姿もなかった。

駐輪場までついてきた浅海が「一緒に帰ろう」と言ってきたので、自転車を押して歩いた。

「あ、そうだ。レッドストーンズって知ってる?」

さっきみたいに浅海のペースに持ちこまれないように、先手を打ってそう聞いてみた。浅海は目の色を変え、「知ってる!」と俺に顔を寄せて声を弾ませる。

「崎本くんもレドスト好きなの？　えー嬉しい。ボーカルのショウヤかっこいいよね！　好きな曲とかあるの？」

先手を打ったはずが、失敗したかもしれない。浅海はさらに俺に身を寄せてくる。彼女との間に自転車があってよかった。そのまま平常心を装って歩く。

「えっと、なんて言ったかな、あの曲。ど忘れしちゃったけど、あの曲が好きだなぁ」

うまくごまかせただろうか。曲名なんてひとつも知らないし、なんならレドストという略称も今知ったばかりだ。墓穴を掘ってしまい、別の汗も噴き出てくる。

「『アジフライ定食』？　『カミソリ負けした朝』？　それとも『雷に打たれた君』かなぁ」

「えっと、そう。アジフライ定食。あれいい曲だよね」

個性的すぎるタイトルに面食らったが、とっさにそう答える。レッドストーンズは本当に売れているんだろうかと疑問に思いながら、その調子で話を合わせていく。

「ギターのリュウジさ……、リュウジは好きじゃないの？」

「ああ、リュウジはべつに普通かな。なんかチャラそうだし」

当たってる、とはさすがに言えなかった。

「そ、そうなんだ」

その後も浅海のレドストトークに付き合わされ、適当に相槌を打っていると彼女が乗車するバス停にたどり着いた。

また雨が降りそうだったので、バスが来る前に浅海とは別れた。

彼女のマシンガントークから解放され、ひと息つく。こうして話していると、彼女が重い病気を抱えていることをつい忘れてしまう。浅海は健康的な高校生となんら変わりなく生活しているし、重病患者の素振りはおくびにも出さない。無理をしているのか、それとも彼女の言うように今は体調が安定しているのか。

授業中に時々彼女が咳きこんでいる姿は何度か目にしたことはあるし、昼食後にこっそり何錠もの薬を飲んでいることも知っている。あと一ヶ月半で病死するとしたら、きっと病状は芳しくないはずだ。顔に出さないだけで、きっと無理をしているのだろうなと勝手に決めつける。

家に着くと、ポケットから携帯を取り出してレッドストーンズについて検索した。また浅海に話を振られたら困るから、最低限の知識だけでも頭に入れておこうと思った。

曲一覧を見ると奇抜なタイトルばかり表示され、思わず笑ってしまう。すべての楽曲において作詞作曲を担当していたのは、ギターのリュウジさんだった。

俺は口元を引き締め、彼らの情報をひたすらかき集めた。

その日の夜、夕食のカレーライスを黙々と口に運んでいると、父が唐突に話を始めた。

「あのな光。もうすぐ誕生日だろ。その……優子さんがお祝いしたいって言ってるんだけど、光の誕生日に三人で外食しないか。優子さん、なにか欲しいものがあったら買ってくれるって言ってるぞ」

父は平然とカレーライスを口に運びながら言ったが、声の調子から緊張しているのだと俺は悟る。俺はこの手の話は避けていたし、父も気を遣ってなるべく口にしないようにしていた。しかし、いつまでも触れないわけにはいかないと思ったのだろう。誕生日のようなイベントを持ち出して機を狙うのはずるいと思った。

俺は手にしていたスプーンを置き、水をひと口飲んでから告げる。

「欲しいものはないから、プレゼントは大丈夫ですって言っておいて。外食もいいや。ふたりで行ってきて」

言い終わると俺は食器を流しに持っていく。逃げているのは自分でもわかっている。父に迷惑をかけていることも。でももうすぐ俺は死ぬのだから、これくらいのわがままは許してほしい。あと一ヶ月半の辛抱だから、そのあとは邪魔者はいなくなってふたり仲良くやっていけるんだから。

心の中で父に語りかけ、俺は自室に逃げるように閉じこもった。

「レッドストーンズの曲名って、なんであんなに変なものが多いんですか？」

その週の土曜日、俺はリュウジさんとボウリング場に来ていた。

一ゲーム目が終わり、スコアは157と62で、リュウジさんの圧勝だった。

「普通のタイトルじゃつまんないだろ。なんかこう、インパクトのあるやつが好きなんだよ。てかお前、ボウリング下手だな」

二ゲーム目が始まり、俺は九ポンドの紫の球をピン目掛けて転がす。球はレーンの半分を過ぎたところでガターに落ちた。

「ボウリングなんてやったことないですから」

「まじか。そんなやついるんだ」

「いると思いますよ、割と」

まじか、と再び呟いてから彼は立ち上がる。

リュウジさんの綺麗な投球フォームから繰り出された一投目は、爽快な音とともにピンが十本吹き飛んだ。

彼は小さくガッツポーズをし、「今日は調子がいいな」と破顔した。

「こんなことしてて大丈夫なんですか？」

「なにが？」とリュウジさんは聞き返す。彼に残された時間はたしか、あと一ヶ月もなかったはずだ。

俺の沈黙で悟ったのか、リュウジさんはフッと笑って口を開いた。

「ほかにやることもないしなぁ。逆にお前はいいのかよ、せっかくの休日に俺とボウリングなんかしてて」

「俺もやることなんてないですから。俺よりバンド仲間と過ごした方がいいんじゃないですか？　ショウヤさんとか」

「ああ、いいんだよ、あいつらは。来年のメジャーデビューの話しかしないし。誰のおかげでここまで来られたのか、わかってねえんだよ、あいつら」

不満げな顔でリュウジさんは嘆く。

先日調べた情報によると、レッドストーンズのリーダーはリュウジさんらしく、メンバー四人は全員中学の頃からの同級生だそうだ。高校一年生のときにリュウジさんが彼らに声をかけ、レッドストーンズは結成された。主に地元のライブハウスで活動し、若い世代を中心に着実にファンを獲得。

昨年は動画投稿サイトに投稿した楽曲、『アジフライ定食』が注目を集め、現在は再生回数が五百万回を超えている。その後も投稿した楽曲が人気を博し、年明けにメジャーデビューが決定したとのことだった。

「俺がいなくなったら、あいつら終わりだぜ。ほかに曲つくれるやついねーもん。まじでどうするんだろうな、あいつら。解散とかになっちまうのかな」

他人事のようにリュウジさんは言う。俺は音楽にはあまり詳しくないのでわからないけれど、作詞作曲を担当しているメンバーが欠けるのは死活問題だろう。それにメンバーはきっと全員仲良しだったのだろうからリュウジさんがいなくなったからといって代わりのメンバーを入れたら、それはもうレッドストーンズではなくなるのではないか。

俺はかける言葉が見つからず、逃げるようにレーンに向かい、投球する。球は緩やかに曲がり、左端のピンを一本だけ撥《は》ね飛ばした。

「先に天国で待ってるからよ。俺が死んだあと、レッドストがどうなったか教えてくれよ」

リュウジさんは儚げに微笑んでそんなことを口にした。

「まあでも、当たるんですかね、ゼンゼンマンの予言。俺は正直、半信半疑ですけど」

彼を慰めるつもりでもなく、俺は本心から言った。完全に信じるには、やはり無理があった。ツイッター上の予言的中率が百パーセントとはいえ、非公表の予言に関してはデータが少なすぎた。

「たぶん、本当に当たると思う」

ひっそりとした声でリュウジさんは言う。

「二年くらい前にさ、友達の写真をゼンゼンマンにたくさん送りつけたんだ。そしたら返事が来た。高校の頃の同級生だったやつなんだけど、あと十八日後に死ぬって言われてさ。そのときは信じてなかったんだけど、本当に十八日後に死んだんだ、そいつ。駅のプラットホームから飛び降りて」

リュウジさんの話に思わず背筋が伸びる。非公表の予言も、やはり百パーセント的中するのだろうか。

遠くのレーンから歓声が上がる。ピンが弾ける音や球が転がる音。場内は騒がしかったが、俺とリュウジさんのレーンだけは別世界のように静寂に包まれていた。

「そんなの、当てずっぽうで当たるわけねえんだよ。本当に死ぬことを知ってなきゃ、当たるわけねえんだ。だから俺もお前も、葛西のおっさんも花音の幼馴染も皆、宣告どおり死ぬんだよ」

今度は隣のレーンから悲鳴が上がる。見ると大学生くらいの男性が友人との勝負に負けたのか、がっくりと肩を落としていた。

リュウジさんは立ち上がり、自分のオレンジ色の球を片手で摑んで構える。

球を投げると、左右の端っこにピンが一本ずつ残った。これはスプリットというらしい。残った二本のピンがなんとなく、俺とリュウジさんを憐れむように見つめている気がした。

　続けて投げたリュウジさんの球は、右端のピンだけ撥ねてスペアにはならなかった。

　一週間後の土曜日。その日も俺はリュウジさんの車に乗っていた。

「そういえば昨日、ゼンゼンマンから返事が来たんですけど」

　助手席に座っていた俺は、車が赤信号で止まったタイミングでリュウジさんに携帯の画面を見せる。

『写真のふたりはどうしても助かりませんか』という俺のメッセージに対する返信だ。それまでは音沙汰がなかったし、以前のメッセージはすべて無視だったが突然返信が届いたのだ。

『悔いのないようにその人との最後の時間を大切に過ごし、死を見届けましょう』

「無責任なやつだな。自分から死の宣告をしておいて」

　リュウジさんは鼻で笑ったあと、ペットボトルのスポーツドリンクをひと口飲んだ。信号が変わり、車は発進する。

「でも聞いたのはこっちだから、文句は言えませんよ」

「まあそうだな。しかしどんなやつなんだろうな、ゼンゼンマンって。俺の予想は四十代か五十代くらいの裕福な禿げ頭のおっさんってとこだな。ワイングラスを片手に、人の死を弄んで楽しんでるんだぜ、きっと」

リュウジさんは肩をすくめて言った。俺は携帯の画面に視線を落とす。

『寿命が見えた人には今から返信します。誤解されたくないので言いますが、私は面白がっているわけではなく、残された時間を有意義に使ってほしいから告げるのです。決して人の命を侮辱しているわけではないです』

昨日の午後にゼンゼンマンはそんなツイートをしていた。どんな人物なのか俺にもわからないが、きっと俺のような一介の高校生ではないのだろうなとなんとなく思った。

「そろそろ着くぞ」

窓の外に目を向けると、見覚えのある駅舎が左手に見えた。そこは二週間前に訪れたばかりで、駅横のパーキングに駐車した。

車を降りるとすぐ近くのカフェまでふたりで歩く。この前、リュウジさんと葛西さんと花音と俺の四人で集まった店だ。葛西さんに、記事ができあがったのでその確認と、追加で取材したいことがあると言われ、俺とリュウジさんのふたりでやって来た。ちなみに花音も来たがっていたが、幼馴染の体調が悪いそうで今日は欠席だ。

入店すると葛西さんはすでに到着しており、前回と同じ席に腰掛け、アイスコーヒーを飲んでいた。

「お、やっと来た。前もそうだったけど、社会人として遅刻はよくないよ」

さっそく葛西さんに悪態をつかれるが、「自由業なんで」とリュウジさんは軽くあしらう。彼はコーヒーを、俺はジンジャエールを注文した。

「じゃあさっそくで悪いんだけど、取材始めてもいいかな」

葛西さんは鞄の中からメモ帳とボールペンを取り出し、それをテーブルに置く。その前に、と口を挟んだのはリュウジさんだ。

「葛西さんさ、あんた明日だったよな、たしか」

運ばれてきたコーヒーを執拗に冷ましてから啜ったあと、リュウジさんは低い声で言った。葛西さんの余命は俺らの中で一番短い。

「ああ、そういえばそうだったな。でもまあ、どうせ皆死なないって。記事は死んだことにした方が面白いから、悪いけど皆死んだことにさせてもらうよ」

「もし予言が本当だったら、どうするんですか」

俺は葛西さんに訊ねる。彼はアイスコーヒーで口を潤したあと、うんざりした様子で答える。

「あのねぇ。ああいうのは全部いたずらに決まってんだよ。よくあるだろ、そういうの。人の寿命がわかるなんて馬鹿げてる。あの予言ツイートも的中したやつだけ残して、外れたやつは削除してるんだよ、きっと。君たちの気持ちもわかるけどさ、あんなの信じてるのは中高生だけだよ」

まあ、明日俺が死ななければ皆安心するって、と葛西さんは余裕綽々の表情で付け加えた。

これ以上続けても水掛け論にしかならないと判断し、俺とリュウジさんは反駁せずに質問に返答していく。

葛西さんはやはり俺には興味をほとんど示さず、リュウジさんにばかり質問を投げる。一応匿名で、ということになってはいるが、某人気バンドのリーダーとして記事に書くつもりらしかった。

およそ一時間で取材は終わった。

「ああやって余裕ぶっこいてるやつって、映画とかでは最初に死ぬんだよな」

帰りの車の中でリュウジさんは不機嫌そうに呟いた。イライラしているのか、アクセルを踏みこんでスピードを出し過ぎている。

「そうですね」と俺は同調しておいた。

帰り際に葛西さんから受け取った、謝礼と書かれた封筒の中には、五千円札が一枚入っていた。

そのお金でリュウジさんと焼き肉を食べに行き、そこで俺は初めて浅海のことをリュウジさんに告げた。なんとなく彼になら話してもいいか、という気になった。

普段はチャラチャラしているけれど、真面目な話をすると親身になって聞いてくれるリュウジさん。

同じクラスの女子生徒とお茶を濁したが、「好きなんだろ、そいつのこと」と見透かされた。正直言うと、俺は浅海のことが好きなのか、断言できない。異性として特別な目で見ているのは確かだが、恋なんてしたことがないから自分の気持ちが自分でもわからなかった。

「それが好きってことなんだよ」とリュウジさんは言うが、顔が熱くなって無理やり話題を変えた。しかしリュウジさんはすぐに話を戻し、「ふたりともなにかの事件に巻きこまれて死ぬのかもな」と真顔で物騒なことを言った。たしかにその線もなくはなさそうだが、浅海は病死だと俺は思っている。

「好きな人と同じ日に死ねるなんて、なんか運命みたいでいいじゃん。ひとりで死ぬよりはマシだろ」

「運命ですか……」

ぽつりと呟いて、慌てて「いや、好きな人ではないです」と否定する。俺の反応が可笑しかったのか、リュウジさんは声を上げて笑った。

そのあとはくだらない話をして、午後十時過ぎに帰宅した。

葛西さんが亡くなったのは、翌日の夕方のことだった。俺は一日中部屋にこもり、昔読んだ漫画本を一巻から読み直して過ごしていた。

十二巻を読んでいるときに携帯が鳴った。四人でつくったグループトークへ、リュウジさんからコメントなしでネットニュースのＵＲＬだけが送られてきた。

アクセスしてみると、通り魔事件が発生したとの速報だった。通行人が次々とナイフで刺される凄惨な事件があったらしく、記事によると死傷者は四名。

うち死亡したひとりの名前は『葛西正則』と記載されていた。同姓同名の別人の可能性は？　と返したが、葛西さんと連絡がつかないとリュウジさんからすぐにメッセージがきた。

たしかに既読の表示も2のままで変わらない。事件が発生した場所も彼が住んでいる地域で、おそらくあの葛西さんで相違ないだろうと俺たちは結論づけた。

『いたずらじゃなかったな。やっぱ、俺も死ぬのか……』

『死なないでください！　あたし、リュウジさんのいないレッドストーンズなんて見たくないです！』

『サンキュー。でも、たぶん死ぬよ。俺も、光も』

『死なないでください……』

花音とリュウジさんのやり取りが携帯の画面に流れていく。花音ももう少し俺のことも気にかけてくれたらいいのに、と軽く落ちこみながら画面を閉じた。

リュウジさんも口にしていたとおり、やっぱりゼンゼンマンは本物だった。俺もリュウジさんも花音の幼馴染も、そして浅海も宣告どおりに死んでしまうのだ。

正直言うと、死が近づくにつれて、もしかしたら俺も浅海も死なないのではないか、と漠然と思っていた。しかし葛西さんの死によってほぼ確信に変わった。あと一ヶ月と少しで、俺と浅海は死ぬ。それは変えられない運命なのだ。

もう漫画を読む気にもなれず、再度携帯を開いて葛西さんの記事を読む。約一ヶ月後に今度は俺の名前が載るかもしれないと思うと、遠くに感じていた死が身近なものに感じられ、多少の恐怖心が芽生えはじめた。


翌日から三日間、俺は学校を休んだ。

体調を崩したわけではなく、ただなんとなく学校へ行く気になれなかった。葛西さんが亡くなったことに少なからず胸を痛めたし、その死因もショッキングなものだったからだ。

葛西さんは体に数十ヶ所の刺し傷があったという。犯人は二十代の男性で葛西さんを含む被害者全員と面識がなく、誰でもよかったと供述した。

葛西さんの死を、決して他人事とは思えなかった。俺も浅海も、リュウジさんだってそうやって惨たらしく死んでいくかもしれないのだ。俺らだけでなく、全人類に言えることだけれど。

「光、誕生日おめでとう。今日の夜、やっぱりだめか？　優子さん、光の誕生日祝いたがってるぞ」

朝、父が家を出る前に俺の部屋にやって来て言いづらそうに口にした。そう言われて初めて今日は俺の誕生日だったと気づいた。

「いや、今日はやめとく。まだちょっと体調悪いから」

「……そっか、わかった。病院行かなくて本当に大丈夫なのか？」

「うん、大丈夫」

父には体調不良で学校を休むと告げている。なんだか今日参加しないのは申し訳ない気もしたけれど、予定では俺はあとちょうど一ヶ月後に死ぬことになっている。だからもう優子さんと会うつもりはなかった。

「わかった。じゃあ、今日は早く帰るから、俺が飯つくるよ」

「いや、大丈夫だから、優子さんと会ってきなよ」

「そういうわけにはいかないだろ。いいから、今日は安静にしてなさい」

そう言って父は部屋を出ていった。ふたりの予定まで潰してしまい、胸がズキズキ痛んだ。

安静にと言われたが、午後になってから俺は家を出た。自転車に乗って、俺の心のオアシスを目指してペダルを漕ぐ。落ちこんだり心が傷ついたりしたときは、癒されに行こうと決めていた。

サンライズ水族館に着いた頃、時計の針は午後三時を回っていた。年間パスポートを提示し、入場する。客の数は少なく、ゆったりとした気持ちで水槽を眺めていく。

本当に不思議だなと思う。水槽の中を泳ぐ魚たちを眺めているだけで、傷ついた心が癒されるのだから。俺もこの中に入って、水の流れに身を任せてぷかぷか浮いていたい。

「あ、やっぱりここにいた」

お気に入りのクラゲエリアに移動し、無心でクラゲたちを見つめていると背後から聞いたことのある声がした。振り返ると、制服姿の浅海が立っていた。

「え、なんでいるの？」

「それはこっちのセリフ。体調不良で休んでるって聞いたけど」

彼女は言いながら俺の隣までやって来ると、クラゲの水槽に目を向ける。俺は一歩距離を取り、彼女を見つめる。

「佐伯さんたち、元気かな。あとで挨拶して帰ろうよ」

「うん。帰るときね」

浅海に連れられ、今度は回遊水槽の前まで移動し近くのベンチに腰掛ける。そこはさまざまな種類の生き物が流れるように泳いでいて、彼女好みの水槽らしい。

サメやエイ、サバやウミガメなどの生物が共演しているこの水槽は、サンライズ水族館の目玉のひとつでもある。

俺は目の前を泳ぎ回る魚たちから視線を外し、俯いて紺色の床を見つめる。死が迫っていることを彼女に伝えるべきか、またしても迷った。前は半信半疑だったから伝えることを躊躇ったが、俺も浅海も、きっともう助からない。

知らない方が幸せなこともあると思うけれど、俺なら絶対に教えてほしいし、俺以外の誰かが俺が死ぬことを知っているなんて許せないとも思った。

「あの——」

「やっぱり水族館って落ち着くよね。この薄暗さもちょうどいいし、ここにいるだけで癒される。って、今なんか言おうとした？」

いや、と俺は閉口する。発しかけた言葉が彼女の声と被ってしまい、気勢を削がれてしまう。

「絶妙な薄暗さだよね」と浅海はさらに主張するので、補足を入れる。

「薄暗いのは雰囲気づくりも理由のひとつだけど、魚たちから人間が見えづらくするのも大事な理由なんだ。魚たちが怯えないように、ストレスから守るためにね」

　巨大な水槽を見ていると、実は俺たちもどこかで死神に監視されているのではないだろうかとふと思った。普通その存在に気づくことはないが、寿命を突きつけられた今はどこかで俺たちを嘲笑う死神の存在を意識してしまう。

「そうなの？　それは知らなかったかも。さすがお魚博士」

「博士はやめてくれ」

「じゃあ、教授」

「それもなんかちがう」

　そんなくだらないやり取りが数分も続いた。学校で話すと汗が止まらないけれど、不思議と今ここでは落ち着いて話すことができた。思考も自由に浮遊していき、クラゲにでもなったのかと思うくらい俺の心は穏やかだった。

「あ、そうだ。これ」

　そう言って浅海はなにか思い出したように鞄の中を漁る。中からリボンつきの青色の袋を取り出し、彼女はそれを俺に差し出した。

「崎本くん、今日誕生日なんでしょ？　これ、あげる」

　浅海はなんてことない顔で言って、俺から視線を外す。家族ではない誰かからプレゼントをもらうなんて初めてで、胸が高鳴った。

　舞い上がっていることを悟られないように、表情を引き締めてからリボンをほどいて中身を確認すると、黒とグレーのチェック柄のマフラーが入っていた。

「最近寒くなってきたから、マフラーとかいいと思って」

「あ、ありがとう。って、なんで俺の誕生日知ってんの？」

「風の噂で聞いただけ。いらないなら、捨てていいから」

彼女はそっぽを向いたまま言う。俺の誕生日を知っているやつなんていただろうかと疑問に思った。

「いや、いる。ありがとう」

「うん」

直後、閉館を告げるアナウンスが館内に流れはじめる。俺は両手に持ったマフラーの感触を確かめるように、優しく手で握る。嬉しさよりも驚きの方が大きかった。

「ちょっと貸して」

浅海は立ち上がり、マフラーを手に取り俺の首に巻いてくれた。

「うん、似合ってる。やっぱり私、センスあるなぁ」

間近にある誇らしげな浅海の笑顔にどきりとする。俺の中で不確かだった彼女への感情が、この瞬間に確かなものへと変わった気がした。

――悔いのないようにその人との最後の時間を大切に過ごし、死を見届けましょう。

そのとき、死神の言葉が俺の頭をかすめた。

浅海との最後の時間を大切に過ごそうと、俺は決めた。

「あ、バス来た」

バス停まで歩くと、ちょうど浅海が乗るバスがやって来て彼女とはそこで別れた。別れ際にもう一度マフラーのお礼を言うと、「私の誕生日、十二月二十五日だから」と返されて俺は戸惑ってしまう。お返ししたい気持ちは山々だが、その頃には俺も浅海もこの世にいない。

明日は学校来なよ、と大きく手を振る浅海に、俺は小さく振り返した。

帰宅して自室に入ると、勉強机の上にリボンがついた紙袋が置いてあった。綺麗にラッピングされていて、いくら鈍感なやつでもそれが誕生日のプレゼントなのだとひと目でわかる。横には手紙も添えられていて、『光くんへ』と丁寧な字で書かれていた。

『光くん、お誕生日おめでとう。本当は直接会って渡したかったんだけど、風邪気味だと聞いてお手紙を書きました。最近は寒くなってきたから、体調には十分気をつけてね。気に入ってくれるかわからないけれど、よかったら着てね。また近いうちに、お父さんと三人でお食事に行きましょう。優子より』

紙袋の中には黒のセーターが入っていた。高そうなブランドのもので、サイズもぴったりだった。

部屋のドアがノックされ、父が顔を覗かせる。

「体調よくなったのか？　さっきな、優子さんが来てくれたんだぞ。それ、光のために買ってきてくれたから、今度お礼しなきゃな」

俺は返事をしなかった。数秒の沈黙のあと、父はなにも言わず静かにドアを閉めた。

俺の死が確定していなかったとしたら、どうしていただろうとふと思った。素直に歩み寄っていたのか、それとも今のように拒絶していたのか。優子さんが母のような女性でないことはわかっているけれど、やっぱり心を開くのは難しいかもしれない。

ため息をつきながら、手紙を丁寧に折りたたんで机の奥にしまいこんだ。

翌日の木曜日から二日間、今度は浅海が学校を休んだ。担任の話では体調不良とのことだったが、関川から二百円で仕入れた情報によると、どうやら浅海は入院したらしかった。沈痛な面持ちで、言いづらそうに関川は病院と病室の番号を話してくれた。

詳細は不明だが彼女と仲のいい友人たちは土曜日の午前中に見舞いに行くとも教えてくれたので、その時間帯は避けて俺も午後に様子を見に行くことにした。

土曜の午前中は漫画本を読んで時間を潰し、午後になってから自転車に乗って浅海が入院している病院に向かった。なにか手土産を持っていこうかと悩んだが、なにを買っていけばいいかわからなくて結局手ぶらで行った。

病室の前まで行くと、中から話し声が聞こえてドアノブにかけた手を止める。ここは個室で、話し声から察するにまだ浅海の友人たちがいるようだった。

俺は一旦一階に下りて、売店で漫画本を購入して待合ホールの椅子に腰掛け彼女らが帰るのを待つことにした。

三十分ほど過ぎた頃、賑やかな声が聞こえて目を向けると、パジャマ姿の浅海と私服の友人たちがエレベーターから降りてくるのが見えた。全員俺と同じクラスの女子生徒で、彼女らに見つからないように俺は漫画本で顔を隠す。

声が止んだと思ったら、外へと繋がる自動ドアの前には浅海の姿しかなかった。自動ドアの向こうの友人たちに笑顔で手を振る浅海。踵を返した途端、彼女の表情が曇った。真顔というよりは、やや沈んだ表情で、そんな彼女の顔を見たのは初めてで俺は浮かせかけた腰を一旦下ろした。

「あれ、崎本くん？」

浅海はすぐに俺に気づくと、晴れやかな笑顔になる。無理やりつくり上げたような笑顔で、顔色も悪かった。

「崎本くんもお見舞いに来てくれたの？　あ、それともなにかの検査？　それとも別の誰かのお見舞いだった？」

立て続けに質問が飛んできて、「浅海のお見舞い」と俺は正直に答える。彼女は

「わざわざありがとう」と嬉しそうに言った。

エレベーターに乗って一緒に病室へ向かう。やはり体調がよくないのか、いつになく口数が少なかった。

病室に着くと、浅海は上半分を起こしたベッドに背中を預け、俺に椅子に座るよう促した。

正面に大きな窓があって、ベッドの横には小さなテレビと冷蔵庫。彼女の友人たちの手土産だろうか、サイドテーブルには花や果物が置かれていた。

「あの、よかったらこれ」

手ぶらで来たことを後悔して、俺は慌てて手に持っていた漫画本を浅海に渡した。

「ありがとう。面白いの？　これ」

彼女はぱらぱらとページをめくっていく。下品なギャグ漫画だったことを思い出し、

「男子は皆好きなやつだと思う」と正直な感想を述べた。

「私、女子なんだけど」

浅海は可笑しそうに言って、漫画本を閉じる。俺は気になっていたことを聞いてみた。

「あの、体は大丈夫なの？」

「あ、うん。ちょっと検査で数日間の入院だから、明日退院する予定だよ。月曜日か

らまた登校できると思う」

「そうなんだ。大したことないならよかった」

「うん、ありがとう」

彼女との間ではめったに訪れない沈黙が下りて、俺は久しぶりに汗をかきはじめる。

今日の彼女はどこかおかしい。さっきまでは明るく振る舞っていたが、そんなに体調が悪いのだろうか。

「なんかあったの？」

単刀直入に聞いてみる。浅海は「なにもないよ」と笑って返事をするが、やや引きつっているように俺には見えた。彼女はまた黙りこんで、俺も口を閉じる。来たばかりだけど、帰った方がいいのかと思って立ち上がる。

そのとき、浅海の目元からなにかが落ちた。

「あ、ごめん。これはべつに、なんでもないから」

浅海は言いながら指で涙を拭う。彼女が泣いている姿を目にするのは初めてで、俺は呆然と立ち尽くす。

「なんていうか、なんで私はいつもこっち側なんだろうなって思って」

「こっち側って？」

「入院してお見舞いに来てもらう側。今もそうだし、昔からそうだった。仲のいい子たちがお見舞いに来てくれて、帰っていったあといつも空虚感に襲われるっていうか、なんかすごく寂しくなって」

「……そっか」

　こういうときに気の利いた言葉をかけることができない自分を情けなく思う。浅海は慰めてほしいわけではないだろうけれど、できる男ならきっと彼女を気遣い、さりげなく最適な言葉をかけるのだろう。けれど俺にはそれができなかった。

　浅海の瞳から、もう一筋涙が零れ落ちる。俺はどうしていいかわからず、ただ顔を伏せ、彼女が泣き止むのを待った。

　そのとき、沈黙を破るように俺の携帯が鳴った。張り詰めた空気が弛緩して、救われた気持ちになる。見てみるとリュウジさんからメッセージが届いていた。

『明日遠出するから付き合ってくれ』

　いつもどおりの絵文字もなにもない、用件だけを伝える文字が並んでいた。あとで返事をすることにして携帯をポケットに入れる。浅海は洟をかんでいた。

「病人とか、患者って言葉も好きじゃない。そうやって健康な人と区別するような言葉は嫌いだなぁ。私はほかの人よりちょっと体調がよくないだけだから」

「……うん」

「だいたいさ、病んでる人って書いて病人ってひどくない？　私病んでないし。いや、病んではいるんだけどさ、ほかにもっといい表現ないのかな。不健康人とか。いやそれもやだな」

泣いてすっきりしたのか、浅海はいつもの調子に戻って流暢に言葉を紡ぐ。俺はちょっと安心して、椅子に腰掛けて彼女の話し相手になる。これでこそ浅海莉奈だと、俺は相槌を打ちながら苦笑する。

「ベニクラゲっていう、不老不死の珍しいクラゲがいるっていうのは知ってる?」

ふと思い出して、浅海に問いかける。

「不老不死? そんなクラゲがいるの?」

「うん。普通のクラゲはだいたい一年が寿命なんだけど、ベニクラゲはストレスを感じたり、体に傷がついて衰弱したりすると、ポリプっていう赤ちゃんクラゲに戻って人生をやり直すことができるんだ。それを何度でも繰り返すことができるから不老不死って言われてる。でも、ほとんどの個体は捕食されるから大昔から生き続けてるベニクラゲはいないと思うけどね」

へぇ～と浅海は感心したように相槌を打つ。その話を以前飼育員の佐伯さんから聞いたとき、俺も浅海と同じように目を丸くして唸った。なんて羨ましい生き物なのだと。

学校でなにか嫌なことがあったり、事故で大怪我をしたり、病に蝕まれて苦しんだりしても赤ん坊に戻ってゼロにできる。

ゲームで言えばリセットボタンをいつでも押せるようなものだ。人間にもそんな便利な機能が搭載されていたらどんなによかったことだろうと常々思っていた。俺にとって必要な機能がすべて備わっているクラゲが心底羨ましかった。

「不思議な生き物だね、クラゲって。不老不死かぁ」

浅海は儚げに呟く。てっきり「私もベニクラゲになって人生をやり直したい」とか言い出すと思っていたが、いまいち反応が薄かった。

「ベニクラゲみたいに、人生をやり直したいって思ったりしないの？」

そのやり直しの機能は、むしろ彼女のような病人にはうってつけだと思った。健康な体を取り戻して、思いっきり人生を楽しめる。健康な俺ですらその能力が欲しいと思うのだから、浅海が欲しくないわけがない。

しかし彼女はかぶりを振る。

「私は思わないかな。一度しかないからいいんだよ、人生って。たしかに何度でもやり直せたら楽しそうだなって思うけど、過去の過ちとか、後悔の積み重ねで私はできてると思うから、それを全部捨てるのはもったいない気がする。人生は一方通行であと戻りができないからこそ、皆前を向いて頑張って生きてるんだよ、きっと」

たしかにそうだなとも思う。浅海にとっては、ある意味では移植手術を受けることが人生をやり直すことだとも言える。

健康な肺を移植し、新たな人生を歩む。それを積極的には望まない彼女ならではの意見で、返す言葉が見つからなかった。

「人って死んだらどうなると思う？」

今度は浅海が答えのないような質問を投げてくる。俺もその手の話は何度か空想したことはあるので、迷いなく自分の思想を伝える。

「無なんじゃないかな、たぶん。死んだらその瞬間に終わりだと思う。天国も地獄もなくて、ただの無。俺はそう思う」

そう口にして、今のは失言だったとすぐに後悔した。重病を患い、入院している彼女に告げるべき言葉では決してなかった。

「無かぁ。本当に無だったら寂しいよね。それまでの功績とか積み重ねとか、足跡は残るかもしれないけど肝心の自分は無になって消えちゃうなんて、ちょっと寂しい気がする。天国から私が死んだあとの世界を覗いてみたいし、亡くなったおばあちゃんとも会いたいし。死んだ人と天国で再会できるなら、死ぬのも悪くないって思えるよね」

浅海は顎に手を当てて難しい顔で言う。俺の失言は気にならなかったようで、安堵のため息をつく。

「天国とか地獄って、人間がつくり上げたものだからどうかな。まあ、あったらいいなとは俺も思うけど」

「私、子どもの頃幽霊見たことあるから、きっと死後の世界あるよ。天国は存在するに一票！」

彼女の子どもじみた発言に相槌を打ちながら、先日亡くなった葛西さんを思い起こす。彼は殺されて、その後どうなったのだろう。無になったのか、それともどこかちがう世界へ旅立ったのか。

もうすぐこの世を去るリュウジさんや浅海や俺は、死んだらどうなってしまうのだろう。体は死体となり、骨になって残るけれど、死んだ瞬間に魂は消えて無になってしまうのだろうか。

そのときふと浮かんだのは、水槽の中を彷徨するように漂うクラゲだった。クラゲは死ぬとき、溶けて消滅してしまう。足跡も残さず、無になったことすら気づかれないクラゲが俺はやっぱり羨ましいと思った。

「崎本くん？　話聞いてる？」

「え？　あ、ごめん。なんだっけ？」

「だから、お化け屋敷とか平気？　って話」

俺が考えこんでいた間に、話は別のところに飛んでいた。

「ああ、全然平気。ジェットコースターとか、そういうのも得意な方。浅海は？」

「私は苦手。高いところとかも無理」

そうなんだ、と俺は笑う。その後も彼女の話し相手になっているうちに、いつもの浅海に戻ってくれて安心した俺は、日が沈んでから帰宅した。


『これを読めばコミュ力倍増！　誰にでも実践できる、上手なコミュニケーションの取り方』

『これを読めばあなたも恋愛マスター！』

翌日の午前中、俺は近所の書店に来ていた。胡散臭いタイトルの本を手に取り、こんなものを買う人がいるのだろうかと思いながら棚に戻す。

次にその隣にあった本に手を伸ばす。

『これを読めばもう大丈夫！　女性恐怖症の治し方』

これを読めばシリーズの最新刊らしかった。ぱらぱらページをめくって軽く目を通してみたけれど、読んでもとても改善できるとは思えなかったので本を閉じた。

「お、いたいた。悪い遅くなって」

本を棚に戻すと、リュウジさんが棒つきの飴玉を口に含みながらやってきた。待ち合わせの時間に二十分も遅れて。

「早く行こうぜ」

遅れてきた人の言葉とは思えないが、俺は首肯して彼の車の助手席に乗った。

目的地は高速道路を通っても四時間ほどかかる場所にあり、急な誘いだったがなんの予定もなかった俺は彼の誘いに応じた。

昼食はサービスエリアで済ませ、目的地に到着したのは午後二時を回った頃。車内では終始レッドストーンズの楽曲がリピートされ続け、着いた頃にはほぼ全楽曲の歌詞まで覚えてしまった。

車は全国チェーンのカラオケ店の駐車場に停まった。

「こんにちは」

車を降りると花音が店の前で待っていた。白のニットセーターに短めのチェックスカートを合わせ、大人びた洋服に身を包んでいる。

今日は観光ついでに花音に会う予定で、花音の住む街までやってきた。

実はここ最近、四人でつくったグループトークで花音が自殺をほのめかすようなメッセージを何通も送ってきていたのだ。幼馴染の死が迫っていることに耐えられず、あたしも一緒に死にたいですと漏らしていた。俺と同じで最初は半信半疑だった彼女だが、葛西さんの死によって確信に変わり、彼を失う恐怖に怯えているのだという。

見かねたリュウジさんが立ち上がり、俺もついてきたというわけだった。寝不足なのか花音の顔色はあまりよくないし、笑顔は見せたものの口元だけで笑っているような、不自然なものだった。

部屋に案内され、リュウジさんはさっそく飲み物を注文する。室内は大きなソファが並び、三人で使うには十分すぎる広さだ。

「大人が中学生と高校生を連れて遊び回るなんて大丈夫なんですか？　通報されたらどうするんですか」

注文を終えると俺はリュウジさんに訊ねた。金髪でサングラスの青年と中高生という奇妙な組み合わせに、先ほど受付の店員は訝しげに俺らを見ていた。花音は童顔だし、俺も高校生だとひと目でわかったのだろう。

「酒さえ飲まなければ大丈夫だって。三きょうだいってことにしておこう」

「逆に怪しまれますって。こんな似てない三きょうだいなんて」

「じゃあ俺も高校生ってことで。まだ通用するだろ」

「いや、無理だと思います」

そんな俺とリュウジさんのかけ合いを見て、花音はくすくす笑った。べつに彼女を元気づけようと漫才を始めたわけではなかったけれど、リュウジさんはよくやった、と俺に向けて親指を立てた。

タッチ式のリモコンでリュウジさんがレドストを入れて一曲目を歌う。次に花音が流行りの曲をかわいらしい声で歌い上げる。歌うのがあまり得意ではない俺は、とりあえず『アジフライ定食』を入れて場を盛り上げることに徹した。

「それで、彼の体調はどうなの？」

歌い始めて一時間が過ぎた頃、リュウジさんがメニュー表を見ながらぼそりと言った。花音は顔を伏せて押し黙る。テレビ画面では俺の知らないミュージシャンが新曲の宣伝をしていた。

「……あんまりよくないです。今度手術をするんですけど、けっこう大きな手術らしくて。失敗したら死んじゃうかもしれないって彼に言われました」

涙を零しながら花音は絞り出すように口にした。彼女の置かれている境遇に俺は同情する。病に苦しむ浅海の顔がふと浮かんだから。

リュウジさんは腕を組んで唸る。俺と同じでかける言葉が見つからないのだろう。病気だからしょうがない、という慰めにもならないセリフしか浮かばない。その手の言葉は、浅海だったら嫌がるだろうと思った。

「悔いのないようにその人との残された時間を大切に過ごすしかないんじゃないかな。死は避けられない運命なんだから、後悔のないように彼と過ごせばいいんだよ、花音は」

俺のもとに届いたゼンマンの言葉を、さも自分の言葉のようにリュウジさんは口にした。花音は、はっとなにかに気づいたような顔をして、「そうですよね」とリュウジさんに尊敬の眼差しを向ける。ちょっとずるいと思った。

「あたし、彼に好きだって気持ちを伝えます。このまま言えずに彼が死んじゃったら、一生後悔すると思うから」

死んでいた彼女の目に、光が宿ったような気がした。きっと俺が同じことを花音に伝えても、こうはならなかったと思う。リュウジさんだから響いたのだろう。音楽家の言葉には魂のような重みのあるなにかが宿るのかもしれない。

辛気臭い空気を払拭するように、花音はハイテンポのラブソングを選曲しマイクを握る。リュウジさんはタンバリンを手にして盛り上げ、合いの手を入れる。

その後リュウジさんはまたレドストの曲を入れ、歌い終わるとお開きとなった。

「今日は本当にありがとうございました。おふたりのことは、一生忘れません」

死にゆく俺たちに、花音は涙ぐんでそう告げた。リュウジさんは苦笑しながら「頑張れよ」と花音の肩を叩き、彼女とはそこで別れた。

俺とリュウジさんはその後、花音に教えてもらった観光スポットに足を運んだ。数百年前に建造されたという有名なお城を見学したあと、その地域の名物料理を堪能した。

「あ、そうだ。来週の日曜日に地元でライブするんだけど、よかったらお前も来るか？　チケット二枚余ってるからやるよ。この前話してた、浅海だっけ？　そいつ誘ってさ、花音みたいに告白とかしたらいいじゃん」

帰りの車の中、信号待ちで止まっているとリュウジさんはサンバイザーの内側に挟んでいたチケットを二枚俺に差し出した。

『Red Stones　Last Live』

「レッドストーンズ、ラストライブ？」

チケットに記載されている文字を俺は読み上げる。まるで解散を匂わせるタイトルだ。

「メジャーデビュー前の、インディーズとしては最後のライブってことだよ。このライブが終わったら新しいレッドストーンズの始まりなんだ。かっこつけた言い方をするなら、第二章ってとこかな」

前方の信号が青に変わり、リュウジさんはアクセルを踏む。その話を聞いた俺は、複雑な気持ちになった。

「笑っちまうよな。このタイトル決めたの、俺なんだよ。本当にラストライブになってやんの」

リュウジさんはからからと笑ったが、俺はとても笑えなかった。グループがこれからというときに、死ななければいけないのだ。残されたメンバーや彼らのファンはもちろんのこと、リュウジさんの悲しみは計り知れない。それなのに笑っていられるなんて強い人なのだと俺は思った。

「どうせ暇なんだろ。その女誘って見に来いよ」

「……はい。絶対見に行きます。チケットありがとうございます」

そう言って俺は手にした二枚のチケットを見つめる。

自分から異性を遊びに誘ったことなど一度もない俺が、浅海をライブに誘えるだろうか。彼女の予定と体調次第ではあるけれど、どうやって渡そうか、考えるだけで頭痛がしてきた。

「どうせならステージ上で死ねたら最高だったのにな。それなら本望だし、伝説になれるのに」

予定では、リュウジさんはこのライブの三日後に亡くなることになっている。でも俺は、なんの根拠もないけれどリュウジさんが死ぬはずがないと感じていた。まったく想像できないし、死の気配すら感じられない。病を患っている浅海や花音の幼馴染とはちがうし、葛西さんに至っては自ら立派な死亡フラグを立てていた。リュウジさんが死ぬ姿は、俺にはどうしてもイメージができなかった。

車内にしんみりとした空気が流れる。リュウジさんは、レッドストーンズの結成秘話を俺に話してくれた。

「ボーカルのショウヤとは幼稚園の頃から一緒だったんだ。初めてあいつの歌声を聴いたとき、天下とれるって確信した」

「たしかに、めちゃくちゃうまいですよね、歌」

ベースのユウゴはな、とリュウジさんはメンバーひとりひとりについて熱く語る。

自宅に着いた頃には、俺は心からレッドストーンズのファンになっていた。

翌日から浅海は登校してきた。見たところ体調はよさそうだ。自然な笑顔も見せ、よく喋っていて普段どおりの彼女で安心した。

俺はポケットに忍ばせているチケットを握りしめ、浅海に渡すタイミングを窺っていた。だが退院したばかりの彼女は今日の人気者で、机の周りには常に誰かがいる状態でこの日渡すのは諦めることにした。

しかし次の日も、また次の日も俺は浅海をライブに誘うことができなかった。彼女の周りに常に人がいたのは事実だが、まったく隙がなかったと言えば嘘になる。

正直に言うと、何度かチケットを渡すチャンスはたしかにあった。けれど俺はそれを実行に移す勇気がなかった。

今までも校内で俺から浅海に話しかけたことは一度もないし、ましてやライブなど、デートに誘うに等しい。女性恐怖症でなくとも、奥手な男子には相当難易度が高い。

ポケットの中の紙切れは、木曜日には手汗で湿ってしまい、ふやけていた。

迎えた金曜日。今日チケットを渡すことができなければ、もうチャンスはやってこない。朝から頭の中で何度もシミュレーションし、準備は整えていた。

「今度の日曜日、レッドストーンズのライブがあるんだけど、チケット一枚余ってるからやるよ」

そのセリフを何度も声に出して家で練習した。芝居じみて不自然になっていないか携帯のアプリで録音してみたが、機械を通して聞く自分の声は不快で気持ちが悪かった。

念のため花音にメッセージを送り、アドバイスをもらった。

『崎本さんは普通とイケメンの間くらいだから、堂々と自信持って誘えばいけますよ』

一応褒めてくれているのだとポジティブに解釈しておく。三つも年下の女子中学生に背中を押してもらうとは我ながら情けないが、少しだけ自信が持てた。

声をかけるチャンスは三回。朝と昼休みと放課後だ。浅海がひとりになるタイミングを見計らって、練習したセリフをさらっと告げ、さりげなくチケットを一枚手渡すだけでいい。それが俺の残りの人生の最大のミッションだと自分に言い聞かせ、家を出る。

空は快晴で雲はなく、太陽が俺を鼓舞してくれているような気になりながら、力強くペダルを漕いでいく。

不思議といつも引っかかる信号も止まることなく通過できて、その後も赤信号に捕まることはなかった。今日はなんだかいけそうな気がする。天が俺に味方してくれている。今までの人生で使ってこなかった運を、今日一日ですべて使い切っても構わないから頼むと自転車を走らせながら願った。

高校の敷地内にある駐輪場に自転車を停めると、浅海の姿を発見する。他クラスの女子生徒とふたりで歩いていた。

俺は彼女らの後ろをさりげなく歩く。

「私トイレ寄ってくから、またね」

他クラスの女子生徒は浅海にそう声をかけると、女子トイレに消えていった。さっそく好機到来、とはいかなかった。ひとりになったかと思えばすぐに別の女子生徒がやってきて、浅海の腕を摑んで教室へと歩いていく。

諦めて、昼休みに持ち越すことにした。

昼休みになると俺は、すぐにでも動けるように急いで弁当を胃に詰めこんだ。しかし今日もまた浅海の周囲は生徒の数が多かった。

『チケット渡せました？』

昼休みが終わる五分前、花音からそんなメッセージが届く。

『これから渡すところ』と返信すると、『ファイトです！』とハートの絵文字つきですぐに返事が来た。グループトークでメッセージのやり取りをしているから、リュウジさんからも親指を立ててるパンダのスタンプが送られてきた。

結局俺が浅海と話せたのは、放課後になってからだった。話せたというのは俺が声をかけたからではなく、教室を出てすぐのところで彼女に呼び止められたのだ。

「あの、ちょっといい？」

驚いて後ろにのけ反った俺は、「な、なに」と聞き返す。想定外の事態に戸惑い、全身に汗が噴き出てくる。

「そういえば崎本くんの連絡先知らなかったなって。よかったら交換しようよ」

「あ、うん。いいよ」

ポケットの中から携帯を取り出すが、手汗で滑ってしまい床に落としてしまう。幸いにも画面は割れずに済んだが、動揺を隠しきれず情けないなと自分を卑下する。

慣れない連絡先の交換に手こずっていると、「貸して」と浅海が俺の携帯を手に取った。

「はい、これでＯＫ。なにかあったら連絡するね」

うん、と返事をすると浅海は廊下の先を進んでいく。今しかないと思い、俺は意を決して彼女を呼び止めた。

「あの……」

浅海は振り返り、「なに？」と俺の目を見て微笑んだ。俺は俯いてポケットに手を入れ、チケットをまさぐる。

ここ数日でくしゃくしゃになってしまったので、部屋に保管していたもう一枚の綺麗な方を持ってきた。チケットを見せるのが先か、それとも誘うのが先か逡巡していると浅海の背後から予期せぬ声が飛んできた。

「あれ？　崎本なにしてんの？　お前いつから女子と話せるようになったんだよ。あの病気、治ったのか？」

彼は隣のクラスの男子生徒で、俺と同じ中学に通っていたやつだ。女性恐怖症のことで俺をいじめていたグループの主犯格でもある。突然のことに俺は声を失い、指の一本すら動かせなかった。

「病気？　どういうこと？」

浅海が振り返る。

「こいつ昔から女性恐怖症なんだよ。中学のときはやばかったよ。女子に軽く肩触れられただけでパニクって、その子を突き飛ばして怪我させたんだ。あのときの教室の空気、すごかったな」

「……崎本くん、本当なの？」

俯いた俺は答えられなかった。俺の中のなにかが、がらがらと音を立てて崩壊していく。

「本当だよ。ほら、めっちゃ汗かいてんじゃん。うっわ、やっべ」

俺を取り巻く世界が徐々に輪郭を失う。尋常ではないほど汗が噴き出て額から流れたそれが目に入り、視界がぼやけていく。

「こいつ女子が嫌いだから、勘弁してやって、浅海ちゃん。いつも図書室でクラゲ図鑑ばっか読んでてさ、友達はクラゲだけなんだよ、こいつ」

へらへら笑いながら、「じゃあな、クラゲくん」と彼は背を向けて歩いていく。体が固まって汗を手で拭うこともできない。

「……ごめん。私、全然知らなくて」

浅海が今、どんな表情をしているのか怖くて見られなかった。今はただ、浅海の前から消えてしまいたかった。けれど足は硬直したままで、失った声はまだ戻ってくる気配はなかった。

「ごめんね。私、帰るね」

浅海はそう言うと、廊下を駆けていく。俺は呼び止めることも追いかけることも放棄して、その場に立ち尽くしていた。

浅海にだけは、絶対に知られたくなかった。今日までうまくごまかしてこられたし、なんなら克服できるんじゃないかとさえ思ったこともある。しかしあの男のひと言ですべてが崩れ去ってしまい、ぼやけていた視界が真っ暗になった。

「あれ、崎本くんなにしてんの」

その声でようやく体が動いた。振り返ると関川が不思議そうに俺を見ていた。

「いや、なんでもない」

「そっか、じゃあまた明日」

関川は俺の肩に手をかけて去っていく。彼の登場に救われる思いだった。あのまま突っ立っていたら、俺の魂はどこかに飛んでいってしまうような気がしたから。

「ちょっと待って」と俺は関川を呼び止める。

「日曜日、暇？」

関川は欠伸をしながら、「有料だけど、いい？」と冗談とも本気ともつかない言葉を口にした。

日曜日の夕方に、浅海からもらったマフラーを巻いて俺は家を出た。会場は電車で三十分ほどの場所にあって、午後七時の開演に間に合うように少し早めの電車に乗った。

昨日は一日中ベッドの中で過ごした。浅海とは連絡先を交換したのに、一度も俺の携帯は鳴らない。届くのはリュウジさんと花音がやり取りするメッセージだけで、浅海からはなんの音沙汰もない。俺が女性恐怖症であることを知って、気を遣っているのかもしれない。

俺は誤解を解くために何度もメッセージを入力したけれど、いずれも送信前に削除して今に至る。誤解もなにも恐怖症は事実だし、弁明したところでもう遅い。浅海に知られてしまったあの瞬間になんらかの行動を起こし、チケットをしっかりと渡せていたらきっと今頃浅海は俺の隣にいたのだろう。

今横にいるのは、拝金主義の小太り眼鏡——関川だ。

「いやー楽しみだね、レッドストーンズのライブ。崎本くんが好きなのは知らなかったよ。実は僕もけっこう好きだったんだ、レドストの音楽」

満面の笑みを浮かべてそう言った関川に、「そうなんだ」と俺は無感情で言葉を返す。どうしてこうなってしまったのだろうと嘆息を漏らして窓の外を眺める。暮れはじめた空のグラデーションが嫌気がさすほど綺麗だった。

開演の二十分前に会場に到着し、チケットに記載されている席を探して歩き回る。すでに会場は賑わっていて若い女性の客が多かった。俺にとっては居心地が悪く、不快でしかなかった。

「お、あったあった。けっこういい席だね。崎本くん、こんないい席のチケットよく手に入ったね」

関川は自分の席を見つけると、珍しく俺を褒め称える。彼の言うとおりで俺たちの席はメインステージの正面に位置し、近すぎず遠すぎずの抜群の距離にあった。

周囲を見回すとお手製の団扇《うちわ》を持っている人が何人か見受けられた。まるでアイドルのライブかの如く、メンバーの顔が印刷されている。リュウジさんの団扇を持っている人も少なからずいた。

レッドストーンズの公式グッズなのか、同じ赤色のTシャツを着ている人も多かった。前面に『Red Stones』とでかでかとプリントされていて、割と派手なデザインだ。

「これ、一本あげる」

関川が細長い棒を俺に渡す。それを見たことはあったが、実際に手にするのは初めてだった。

「ありがとう」

「メンバーが登場するときはペンライトを赤く光らせるんだ。ファンの間では暗黙の了解というか、そういう決まりらしいよ」

ライブは初めてと言った俺に彼はペンライトのスイッチを押してみせた。青や緑に黄色など、押すたびに光の色が変わる。周りにはすでにペンライトを赤く点灯させている人も多く、俺もそれにならった。

「そういえば二百円の情報があるんだけど、買うかい？」

間もなく開演というときに、関川はペンライトを黄色に発光させて親指と人さし指の間に通すとにやりと呟いた。どうしようか迷ったが、葛西さんからもらった報酬も余っていることだし、支払うことにした。

毎度、と彼は百円玉を二枚受け取ると、ポケットの中に突っこんだ。そして俺に耳打ちする。

「今日のライブ……浅海も来てるらしいよ」

関川がそう口にした直後、メンバーが登場して観客たちのボルテージが一気に上がる。耳をつんざくほどの黄色い声援が場内に反響し、聞き返した俺の声は自分でさえ聞き取れなかった。

浅海が近くにいるかもしれない。そう思うとライブどころではなくなってしまった。が、会場は一万五千人ほど収容できるらしく、捜そうと思ってもきっと無理だろう。

俺はステージに熱い視線を送る観客たちとは反対に、首を巡らせて周囲に視線を走らせる。しかし見つかるはずもなく、諦めてステージに目を向ける。

すでに一曲目が始まっていて、『アジフライ定食』だとすぐにわかった。彼らの代表曲のようなもので、会場が興奮の坩堝《るつぼ》と化していた。

　俺は周囲に合わせ、赤く発光させたペンライトをぎこちなく振る。視線の先ではリュウジさんがギターを演奏していて、その姿を見て彼は本当にギタリストだったのだと再認識させられた。

　普段のチャラついたリュウジさんとは別人のようで、不覚にもかっこいいなと思ってしまった。

　一曲目が終わると、MCが始まる。メンバーひとりひとり自己紹介をしていき、次はリュウジさんの番だ。

「ギターのリュウジです。皆さん、今日は楽しんでいってください」

　奇抜さを好む彼らしくない無難な挨拶だ。周囲のファンたちも、彼の異変を感じ取ったらしい。

「さっきのパフォーマンスもおとなしかったよね」

　どこからともなく、そんな声が俺の耳に届く。俺といるときは笑顔が絶えなかったが、今の彼の表情は沈んでいて、ひとりだけどんよりとした空気を纏っている。

　ほかのメンバーたちは晴れやかな笑顔できらきら輝いて見えるから、リュウジさんの異変がより際立っているのだろう。彼が今どんな思いで舞台に立っているのか、俺には想像もできなかった。

その後もリュウジさんは淡々とギターを弾いていく。

以前、リュウジさんが本当に人気バンドのメンバーなのか疑って、彼らの動画を視聴したことがあった。リュウジさんはギターを弾きながらステージ上を走り回ったり、体を激しく揺らしたりして演奏する、派手なパフォーマンスのギタリストだった。

それなのに今日のリュウジさんは、地に足を固定されているのかと思うくらい微動だにせず、ただ機械のように規則正しく音を奏でている。

俺はリュウジさんの心配と、近くにいるかもしれない浅海が気になってもやもやした気持ちで演奏を見守っていた。彼女がすでにチケットを手配済みだとは考えてもいなかった。あのまま渡しても断られていたかもしれないと思うと、これでよかったのかもな、と自分を慰めた。

今はなにも考えず、ボーカルのショウヤさんの美声に耳を傾けて会場の雰囲気に溶けこむことに徹した。隣の関川は曲調に合わせてペンライトを激しく振ったり、ぴょんぴょん飛び跳ねたりと誰よりもこのライブを満喫していた。

俺も彼にならい、必死にペンライトを振る。ステージ後方の巨大なモニターにリュウジさんがアップで映し出され、彼の目元から一筋の光が零れ落ちる。それが汗なのか涙なのか、俺にはわからなかった。

「皆さん、今日は本当にありがとうございました。次の曲が最後になります。聴いてください、『恋するカブトムシ』」

ボーカルのショウヤさんがしみじみと言った直後、最後の曲が始まる。激しい曲調で掉尾を飾るにはふさわしく、再び会場が揺れる。俺も周りに合わせてペンライトを振ろうとするが、振りすぎたのか腕が痛くて上がらなかった。

曲が終わるとメンバーたちは舞台袖へとはけていく。すぐにアンコールがかかり、数分後にレッドストーンズTシャツに着替えたメンバーたちが舞台に戻ってくる。

リュウジさんは少し遅れて舞台袖から出てきた。

メンバーたちの帰還に、割れんばかりの歓声が上がる。予定調和だろうに、とは口が裂けても言えなかった。

改めてメンバーひとりひとりが順番に挨拶をしていく。最後にマイクを握ったのはリュウジさんで、彼の沈んだ表情がモニターに映し出される。しばらくの沈黙が横たわり、会場がざわつき始める。

「ギターのリュウジ、感極まってるのかな」

なにも知らない関川は、知ったふうな口を利く。俺は返事をせずにリュウジさんを見守る。

先に声を発したのは彼ではなく、ボーカルのショウヤさんだった。

「どうしたリュウジ。今日なんか変だぞ、お前」

会場にいるファンたちの総意でもあるのだろう。「リュウジー」と呼ぶ声があちこちから飛んでくる。

「お腹でも壊したか？」

ドラムのナオキさんが半笑いで口を挟むが、リュウジさんは押し黙ったままで、やがて天を仰いだ。俺もつられて見上げると、ステージを照らす淡いレッドのライトが目に染みた。

「いやー、やり切ったな。よくここまで来られたもんだよ、俺たち」

ようやく声を発したリュウジさんは、場内を見渡して感慨深げに言った。

「やり切ったってなんだよ。これから始まるんだろ」

「お前らはな。俺にとっては、今日が正真正銘のラストライブなんだから」

リュウジさんの言葉で、会場のざわめきが増した。彼の発言を場内で理解できるのは、おそらく俺だけだろう。

「ここまで来られたのはお前らのおかげだよ。本当にありがとな。それからファンの皆も、これからもレッドストーンズを応援してやってください」

リュウジさんは深く頭を下げる。なかなか顔を上げず、会場はさらに騒がしくなる。

「お前、今日で辞めるつもりか？」

ショウヤさんが客席に背を向けて強めに問いかける。

「辞めねえよ。俺は、死ぬまでレッドストーンズの一員だからよ……」

語尾が弱まって、リュウジさんは顔を伏せる。涙を必死に堪えているようだった。

もう言うことはないという意思表明か、彼はマイクをスタンドに戻す。会場からはやや戸惑いを帯びた拍手が湧き起こった。

「またリュウジが変なこと言ってるよ」

ベースのユウゴさんが突っこみを入れる。リュウジさんの奇行は珍しくないと判断したのか、ほかのメンバーもユウゴさんの言葉に納得していた。

「これが最後の曲です。最後というか、この曲でデビューするから、始まりの曲と言った方がいいかな。じゃあ、聴いてください。『赤い意志は砕けない』」

リュウジさんのギターから始まる曲だった。彼の赤いエレキギターから奏でられる音が、場内に響き渡る。モニターに映るリュウジさんの目からは、それが涙であることがはっきりとわかるくらい、大粒の涙が流れていた。

リュウジさんの涙の理由を知る者は俺以外にいないだろうけれど、彼の汗と涙が混じった魂の演奏はきっと、ここにいるすべての人を魅了したにちがいない。

気づけば俺も、隣の関川もぼろぼろ涙を流していた。

アンコール曲が終わると、観客たちは満足げな顔をしてぞろぞろと退場していく。

俺と関川は席に座って人が減るのを待っていた。

「いやー最高だった。レッドストーンズやばい」

隣で関川が余韻に浸っている。俺は彼に構わず、会場の外へと向かう客の中から浅海を捜していた。しかし浅海の姿は見つけられず、客が減ってきた頃に俺たちは席を立った。

浅海を見つけたのはその直後。関川がトイレに立ち寄ったので壁を背にして待っていると、女子トイレから出てきた浅海と目が合った。

「あっ」と彼女が小さく声を発した。ベージュのコートからちらりとレッドストーンズのTシャツが見える。突然の鉢合わせに戸惑い、とっさに声が出てこなかった。

「帰ろう、お姉ちゃん」

女子トイレから浅海によく似た背の低い女の子が出てきて、彼女の手を引っ張る。おそらく妹なのだろう。見た感じ中学生で、髪の毛はショートボブの浅海より長かった。

「う、うん」

浅海はなにか言いたげに俺に視線を向けたが、妹に手を取られそのまま去っていった。

そのとき携帯が鳴って、見るとリュウジさんからメッセージが届いていた。

『もし女と来てないんだったら一緒に帰ろうぜ』

『一緒に帰りましょう』

トイレから戻ってきた関川に急用ができたと伝え、彼を先に帰らせて俺は指定された裏口に回る。

しばらく待っているとギターケースを背負ったリュウジさんが出てきて、「よお」と手を上げた。会場へはタクシーで来たらしく、「ちょっと歩くか」と彼は言った。

「お疲れ様です」と俺は彼を労う。

「お前、結局誘えなかったんだな」とリュウジさんは俺の肩を小突いた。

「はい……。そういえば打ち上げとかないんですか？」

訊ねると、リュウジさんは首を横に振った。

「このあと打ち上げの予定だったけど、具合悪いって言って断ってきた。あいつらとの最後の思い出はやっぱりライブがいいから、たぶんもう会うことはないと思う」

街灯に照らされた夜の街を歩きながら、リュウジさんは空を見上げて寂しそうに言った。満天の星空とは言えないが、空にはいくつかの光の粒が輝いている。

「リュウジさんがいなくなったら、レッドストーンズは解散するんですか？」

「しないだろ、たぶん。代わりのメンバーを入れるか、それかショウヤもギター弾けるから三人で続けるかのどっちかだろ。十曲くらい未発表の曲つくっといたから、一年に一曲発表すればいいんだよ。そしたら十年はもつだろ」

俺とリュウジさんは目の前にあった小さな公園に足を踏み入れる。リュウジさんは上着のポケットに手を突っこんで鉄棒に寄りかかり、俺はウサギのスプリング遊具に腰掛ける。お尻がひんやりと冷たかった。

「今日のライブ、どうだった？」

「めちゃくちゃよかったです。あっという間の二時間でした」

それはよかった、とリュウジさんは白い息を吐きだして笑う。今日は一段と冷えこんでいて、最低気温は十度を下回るとニュースで見た。マフラーのおかげで、首元だけは暖かかった。

「てかお前、あれだけ花音に背中押されてたのに、なんで気になってる女にチケット渡さなかったんだよ」

「ああ、まあちょっといろいろあって渡せなかったんです。でもその子も今日妹と来てたみたいで、渡さなくてよかったです」

「そっか。でも生きてるうちに、絶対気持ち伝えろよ。そうしないと後悔するからな」

どうでしょうね、と俺は曖昧に笑ってごまかした。俺が浅海に告白する姿はまったく想像できなくて、気持ちを伝えるなんてきっと無理だろうなと思った。

「そうだ。このギター、お前にやるよ。ギター弾けたら女にモテるぞ」

「いや、でも俺ももうすぐですから。そんな短期間でギターなんて弾けるわけないし」

「なんとなくだけどさ、光は死なない気がするんだよな。本当に、なんとなくだけど」

リュウジさんは言いながらベンチまで歩き、背負っていたギターケースを下ろした。

「俺もリュウジさんは死なないんじゃないかって、前から思ってます。根拠はないけど、たぶん大丈夫ですよ」

リュウジさんはなにも答えなかった。代わりに「ちょっと弾いてみろよ」と俺にギターを渡す。俺はベンチに腰掛け、ぎこちなく赤いエレキギターを抱え、親指で弦を弾く。

じゃららん、と綺麗な音が誰もいない夜の公園に響いた。

「一ヶ月もあれば覚えられるって。弾き語りして愛の告白とか、いいんじゃない」

「一ヶ月って……」

苦笑しながらまた弦を弾く。俺に残された時間は、あと十八日しかなかった。

それからしばらくの間、リュウジさんは俺にギターを教えてくれた。寒くて手がかじかむけれど、夜が明けるまでこうしていたいと、俺は思った。

三日後の水曜日、俺は学校を休んだ。予定ではリュウジさんの最後の日で、あれから彼とは一切連絡を取っていない。なにか誘いがあればすぐにでも動けるようにしていたが、結局ライブの日以降リュウジさんから連絡はなかった。最後はきっと家族と過ごすのかなと気遣って俺からも連絡はしていない。

今日は朝から胸騒ぎがして落ち着かず、どうしても学校へ行く気分になれなかった。父が家を出たあとは、リュウジさんからもらったギターをひたすら部屋で弾いていた。

レッドストーンズのライブのあと、浅海とも一度も言葉を交わしていない。何度か声をかけるチャンスはあったものの、気まずくてなにも言えなかった。浅海もなにか言いたそうな素振りは見せていたが、俺に気を遣っているのか目が合うとすぐに逸らして立ち去るのだ。

こうやってすれちがううちに、俺たちはやがて死ぬのだろう。それでもいいなと、最近は思いはじめていた。

リュウジさんの訃報が届いたのは、その日の夜のことだった。そろそろ夕飯の支度に取りかかろうとギターを置いたとき、俺の携帯が鳴ったのだ。

『リュウジさん、亡くなったみたいです……』

号泣するウサギのスタンプとともに、花音からのメッセージが届いた。慌てて検索するとネットニュースには早くもリュウジさんの死を告げる記事がいくつも上がっていて、その中のひとつを閲覧する。

『大人気バンドのギタリスト、火災に巻きこまれ死去』

記事によると、リュウジさんは隣家の火災に巻きこまれ、消防士に救出されたものの搬送先の病院で息を引き取ったとのことだった。

目撃者の証言によると、リュウジさんは逃げ遅れた隣人の救出に向かい、燃え盛る隣家に飛びこんだのだという。高齢の隣人は一命を取り留めたそうだが、煙を吸いこみすぎたリュウジさんは助からなかった。ほかの記事にも目を通してみたが、どれも中身は同じで若きバンドマンの死を淡々と告げていた。

『デビューを目前に控えた大人気バンドのリーダーが……』

『二十三歳の若さで……』

『懸命の救命処置も及ばず……』

記事のひとつひとつの言葉が俺の胸を締めつける。覚悟していたとはいえ、リュウジさんの死は弱っていた俺の心に追い打ちをかけ、ぼろぼろ涙が零れた。記事のコメント欄は、彼の死を嘆くファンたちの言葉や、彼の行動を称える言葉で埋め尽くされていた。

彼とはたった一ヶ月の付き合いだったけれど、俺は兄のように思っていたし、心を許した数少ない人物のひとりでもあった。彼の死を知っていた俺でさえこれほどショックを受けているのだから、メンバーやファンたちの悲しみはこんなものではないだろう。

隣家に飛びこむ直前、リュウジさんはなにを考えていたのだろう。救出に向かえば命を落としてしまうことくらいわかっていたはずだ。それでもリュウジさんは躊躇わなかった。

もしかしたら考える余裕もなかったのかもしれない。とっさの行動だったのかもしれない。自分が死ぬと知っていながら、しかし彼の選択を軽率だったと責めることなどできるはずもなかった。

俺は携帯の画面を閉じ、背中からベッドに仰向けに倒れこむ。ぼんやりと天井を見つめて、この楽しかった一ヶ月間を回顧する。

死神に余命宣告されていなければ、俺はリュウジさんと会うことはなかった。

死が近づくにつれ少なからず生じていた恐怖心は、リュウジさんがいてくれたから緩和したと言ってもいい。失って初めて彼の存在の大きさを思い知った。

ボウリングに行ったりご飯に行ったり、くだらないことから真剣なことまで話した彼との日々は、まちがいなく大切な一ヶ月間だったと胸を張って言える。

俺は、リュウジさんは死なないのではないかと思っていた。彼と過ごした日々を思い起こしていると、涙が止めどなく溢れ出てきて俺の頬を濡らした。

——生きてるうちに、絶対気持ち伝えろよ。そうしないと後悔するからな。

リュウジさんの言葉が、ふと蘇る。

妄想の中で、試しに浅海に告白をしてみる。けれどやっぱり、どうしても俺が誰かに告白するなんてうまく想像できなかった。

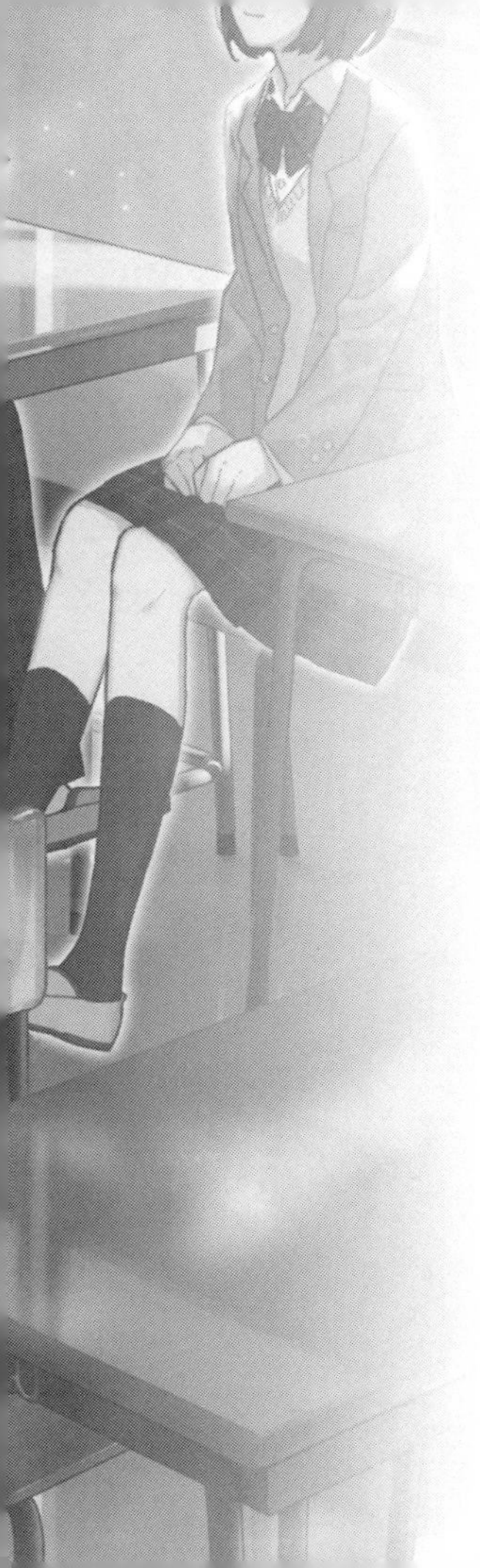

第三章

命の光

十二月に入ると、街にクリスマスムードが漂うようになった。道を歩けばクリスマスツリーやイルミネーションが飾られ、クリスマスソングがあちこちで聞こえて、それらを目にするたびに不快な気持ちになった。

十二月十五日に死ぬ俺にとって、それはまったく関係のないイベントだからだ。なるべく視界に入らないよう、クリスマス関連のなにかがある場所は避けて通るようにした。

俺の命はあとちょうど二週間。当然浅海も同じで、花音の幼馴染に至っては残り八日しかなかった。

その日も俺はいつもどおり自転車で登校した。自分の席に座るとさっそく関川が新たに得た情報を売りつけてこようとしたが、今日は断った。もう俺と浅海の関係は終わったのだから。

昼休みも放課後も、浅海とは一度も言葉を交わさずに下校した。

「光、まだ先の話なんだけどさ」

俺の得意料理のひとつでもある夕食のオムライスを食べていると、向かいに座る父が俺の目を見ずにそう切り出した。優子さんの話だとすぐにわかった。

「なに？」

「クリスマスなんだけど、優子さんを招待してうちで三人で食事しないか。チキンとかケーキとか買ってさ。あと光の料理はおいしいから、なにか一品でもつくってくれたら優子さん喜ぶぞ、きっと」

父は早口でそう言うと、「ほら、誕生日のお礼に」と付け加える。

「いいよ」と俺は即答する。

「本当か？」と父は、そこで初めて俺の目を見た。

「うん、いいよ。クリスマスでしょ？　なにつくるか考えておくよ」

「そっか、よかった。あとで優子さんに連絡しとく」

言い終わると父は嬉しそうにオムライスをバクバク食べる。久しぶりに父の笑顔を見た気がして、俺はなんだか申し訳なく思った。これは、叶わない約束だから。俺が生きている間の約束だったら、きっと断っていたと思うから。

その後も父は上機嫌に話しかけてきたが、俺は後ろめたさからすぐに話を切り上げ、自分の部屋に逃げこんだ。

浅海からメッセージが届いたのは、土曜日の昼過ぎのこと。部屋でリュウジさんのギターをなんとなく弾いていると、あまり鳴ることのない俺の携帯が鳴ったのだ。

画面の『浅海』という文字を見ただけで心臓が音を立て、軽く汗をかいた。すぐに既読をつけたら恥ずかしいから、数分待ってからメッセージの中身を確認する。

『今日の夜、暇？　私のことが怖くなければでいいんだけど、ちょっとしたいことがあって』

その文面を見て、俺はホッとした。完全に避けられていると思っていたから、その誘いは素直に嬉しかった。

『暇だし、べつに怖くないよ』

高揚を悟られないように、短く返事を送る。すぐに既読がついて、時間と場所が送られてくる。

午後五時、サンライズ水族館の近くの公園で、とのことだった。てっきりカフェかどこかかと思っていたが、まさかの外だとは。この寒い中なにをするのかは教えてくれなかった。

午後四時を回ると、俺は服を着替えて家を出た。浅海にもらったマフラーも忘れずに。自転車に乗って目的地へと向かう。頬を刺す風が冷たくて、手袋もしてくるべきだったと早くも後悔する。

待ち合わせの公園に行く前に、通り道にある書店に立ち寄った。少し前に見つけた女性恐怖症に関する本を立ち読みしようとふと思い立ったのだ。

ちょっと前までは浅海とならば落ち着いて話せたが、今は自信がない。恐怖症のことを彼女に知られてしまい、また振り出しに戻ったような、せっかくついた免疫がリセットされてしまったような気がしていた。

しかし例の本は売れてしまったようで、一冊も置かれていなかった。俺と同じ苦しみに悩まされている人が買っていったのだろうか。まあいいやと諦めて店を出る。

待ち合わせの公園に少し早く着いてしまったようで、浅海はまだ来ていなかった。日は落ちて辺りは薄暗く、街灯に照らされた園内はどこか寂しげで人の姿はない。

俺はベンチに腰掛けて浅海の到着を待った。昼間なら設置されたフェンスの向こうに海が見えるけれど、今は暗くてなにも見えない。

そのとき、携帯が鳴った。花音からのメッセージだった。

『今日、彼に好きだと伝えました。彼もあたしのことを好きだと言ってくれました。彼が死んじゃう前に気持ちを伝えられて、よかったです。崎本さんも、勇気を出して死ぬ前に気持ちを伝えてくださいね』

余計なお世話だと思った。俺は『おめでとう』とだけ打って返事を送った。

「あ、ごめん待った？」

携帯をポケットにしまうと、浅海が小走りでやってくるのが見えた。冬らしい白のファーコートを羽織り、手にはビニール袋を提げている。

「いや、全然」

「そっか。あ、やっぱ似合ってるね、そのマフラー」

その服も似合ってる、と浅海がいつになく俺を褒めてくるので照れくさくて俯く。

彼女が手にしているビニール袋の中身が視界に入り、俺は目を疑った。

「え、なにそれ」

「あ、これ？　季節外れだけど、どうしてもやりたくなって」

浅海はビニール袋の中から小さめのバケツと手持ち花火のセットを取り出した。

「冬なのに売ってるんだ、花火」

「あ、夏に買ったやつなんだけど、やる機会がなくて残ってたんだ。本当は夏休み中にやろうと思ってたんだけど、忘れてて」

「そうなんだ。来年の夏まで――」

待てばいいのに、と言いかけて思わず口を噤《つぐ》む。俺もそうだけれど、浅海にも夏はやってこない。葛西さんやリュウジさんの死によって、もはや余命は疑いようのない現実なのだと思い知らされた。

「夏まで待てないんだよ、私は。今は落ち着いてるけど、この病気はいつどうなるかわからないんだから、夏を先取りしちゃおうと思って」

屈託のない笑顔で浅海は言う。その曇りのない表情が俺の胸を締めつける。

浅海は袋を開封して蠟燭《ろうそく》を取り出す。砂場に移動して山をつくり、そこに挿して固定した。

「あっ！　やば！」

浅海の甲高い声が園内に響く。見たところ、ライターを忘れたらしい。バケツを用意する周到さはあっても、火がなければどうしようもない。浅海らしいなと苦笑しつつ、俺は提案する。

「近くにコンビニがあるから、買ってくるよ」

「ありがとう。じゃあ私、バケツに水汲んで準備しとく！」

浅海は水飲み場へ、俺は自転車に乗ってコンビニへ向かう。

目と鼻の先にあるコンビニでライターと温かい飲み物をふたつ購入し、来た道を急いで戻る。浅海は蠟燭を立てた場所にしゃがみこんで寒そうに両手を合わせていた。

「あ、ありがとう。わっ、あったかい」

ホットのミルクティーを浅海に渡すと、彼女は両手でそれを包みこむ。

蠟燭に火を点ける前に、俺も買ってきたホットの缶コーヒーを開け、ひと口飲んだ。湯気と白い息が混ざり合い、風に流されて消えていった。

蠟燭に火を灯すと浅海はさっそく袋の中を漁り、二本の手持ち花火を取り出した。そのうちの一本を俺に渡し、点火する。

数秒の沈黙が下りたあと、しゅわっと音を立ててその先端から火を噴きはじめる。火の色が黄色から赤、青に紫へとペンライトのように移り変わる。

光に照らされた浅海の表情は子どものように輝き、その頬は花火色に染まっていた。

　浅海は火が消えるとすぐに次の花火を俺に手渡し、どんどん点火していく。最初はあまり気が進まなかったけれど、季節外れの花火も悪くはなかった。あっという間に袋の中身が減っていく。

「あとは線香花火だけだね。いつも思うんだけど、なんで線香花火って最後にやるんだろうね」

　袋の中を漁っていた浅海は、線香花火の束を手にして俺に問いかける。

「まあ、線香花火ってそういうものだから」と俺は適当に答えた。

「線香花火って燃え方が四種類あって、それが人の一生を表してるらしいよ」

「へえ」

　俺が先に火を点けると、浅海は「まずは火球ができて、これが生命の誕生」と赤く光る火球を指さす。

「そしてこれが人生で一番の盛り上がりのときで、ちょうど私たちみたいな高校生かな」

　火球はぱちぱちと音を立て、激しく火花を撒き散らす。やがて勢いは衰え、音も小さくなっていく。

「これはあれだね、働きすぎて疲れて、定年退職ってとこかな」

　火の玉は最後の力を振り絞るように火花を散らし、徐々に光を失っていく。そしてぽとりと砂の上に落ちた。

「あーあ。崎本くん、死んじゃった」

「悲しくなる解説するなよ」

あははっと浅海は笑い、自分の線香花火に火を点ける。火球ができて激しく火花を散らしはじめたとき、浅海が体勢を変えようとしたそのちょっとの振動で火球が落ちてしまった。

「あっ」

光が消え、真っ暗になる。

「これからってときに、死んじゃった。やっぱり私、そういう運命なのかな」

浅海は沈んだ声でそう言った。

「ただの線香花火だから」

俺は彼女を励まして一本手に取り、火を点ける。また命の光が夜の公園に灯った。

「ラスト二本だね。どっちが長生きできるか、勝負しよ」

「その言い方やめて」

俺の突っこみに浅海は笑ったが、俺は内心ひやひやした。

ふたり同時に火を点け、ほぼ同じタイミングで発火する。浅海は手が震えて火球が落ちてしまわないように、左手で右の手首を摑んで支えていた。そこまでして勝ちたいのかと俺は苦笑する。今を、この瞬間を全力で楽しむと口にしていた彼女らしいなと、しみじみ思った。

「私の方が火の玉大きくない？　器が大きいってことだね、これは」

「あとからそんな設定つくるのずるいから。俺は謙虚だから、この大きさで十分なんだ」

自分でもわけのわからない根拠で彼女に張り合った。

浅海が「手が震えるから笑わせないで」と文句を言ってきたので俺は閉口する。

ふたつの火の玉は激しく火花を散らし、やがて弱まり、しぼんでいく。

「あっ」

叫んだ声が重なる。俺と浅海の火球は、ほぼ同時に砂の上に落下した。まるで同じ日に死ぬ俺と浅海を見ているようで、縁起でもないと思った。

「引き分けだね。なんか、急に寂しくなったね」

街灯が照らす園内には、火薬の匂いと線香花火の残煙、そして彼女の吐く息がうっすらと漂っていた。まるで夏の終わりを彷彿させるようで、彼女の言うようになんとも言えない寂寥に襲われた。枯れ果てた木々が視界に入り、風の冷たさに現実に引き戻される。

もう少し花火、していたかったね、という言葉が喉元まで出かかって、すんでのところで飲みこんだ。そんな歯の浮くようなセリフは俺のキャラじゃないし、照れくさすぎて言えるわけがなかった。

無言で使用済みの花火を袋につめて、俺たちは公園を出た。

自転車を押して、浅海と並んで歩く。いつも口数の多い彼女にしては、今日はやけに控え目だった。それにいつもより離れて歩いている。おそらく俺に気を遣ってのことだろう。そんなこと、気にしなくたっていいのに。

「この前の、佐々木《ささき》くんの話だけど」

長い沈黙のあと、浅海はそう切り出した。佐々木とは、俺の秘密を浅海に暴露したあいつだ。

「あれって本当なの？　その、恐怖症の話」

恐る恐るといった様子で浅海は聞いてくる。彼女の今日の本当の目的は、たぶんこれだったのだろう。

俺が押し黙っていると、「言いたくなかったら、べつにいいけど」と彼女は慌てて付け加えた。

「本当だよ。隠してたわけじゃないんだけど、昔からそうだった」

嘘をつく必要はないと判断し、正直に告げた。彼女のおかげで今は克服しつつある。

それは、浅海莉奈というただひとりの女性に限ってのことだけれど。

「それは、なにか原因があったの？」

浅海はまた、俺の顔色を窺うように聞いてきた。

「小学生の頃、母親に虐待されて、それから女が怖くなった。『お前なんか産まなきゃよかった』って言われたときの母親の目が怖くて、今でも忘れられないんだ」

今まで誰にも話したことがないことを包み隠さず吐き出していく。

ふと、あのときの母の目を思い出してしまい、荒くなった呼吸を整える。浅海は固唾を呑むように俺の話を黙って聞いていた。

「それから人の目を見るのが怖くなった。母親の気に障るようなことをした覚えはないんだけど、真冬にベランダに放り出されて死にかけたこともあった。父さんが気づいてくれなかったら本当に死んでたかも」

自分の親に「産まなきゃよかった」と言われたときの絶望感は、思い出しただけでも胸が苦しくなる。その言葉が幾度となく俺を苦しめ、この世に生まれてこなければよかったと何度思ったことか。

「中学の担任の先生が女の人だったんだけど、夏休みが明けてから急に怖くて話せなくなったんだ。あいつが言ってた隣の席の女子から声をかけられたときも、頭が真っ白になってなにも答えられなくて。ちょうど母親からの虐待が一番酷いときで、精神が不安定で教室でパニックになった。しばらく学校に行けなくなって、父さんに精神科に連れていかれて、女性恐怖症の可能性が高いって診断された……」

　その診断結果で父は離婚に踏み切ってくれた。当時のことを、父は酷く後悔しているようだった。こうなる前に離婚するべきだったと。

「……そうだったんだ。そんなことがあったんだね。学校に行くと絶対女子に会うもんね……。今まで不安だったよね、きっと。話してくれてありがとう」

　憂いを帯びた表情で浅海は言った。俺は返事をせずに黙って歩き続けた。不思議と心は凪いでいた。

「……私のことも、怖い？」

　しばらく無言で歩いていると、浅海は足を止めて探るように訊ねた。俺も立ち止まり、浅海を振り返る。

「それなんだけど、浅海は全然怖くないよ。話しやすいし、なんかわかんないけど、平気」

「それって、私を女とみなしてないってこと？」

「いや、そういうわけじゃ……」

　浅海は怒ったのか俺の先を歩いていく。慌てて追いかけて、彼女の横に並ぶ。

　女性恐怖症であることを、女性である浅海にすら話せるなんて不思議な気持ちだった。

「でも、そう言ってくれてよかった。避けられてると思ったから、ちょっと安心した」

街灯に照らされて浅海の笑顔が光る。俺はそのとき、彼女に死んでほしくないと思った。俺が死ぬのは構わないけれど、浅海にはこの先も生きてほしいと、そう思った。


翌週から浅海は、また俺に話しかけてくるようになった。嬉しかったけれど、どうしても学校では周囲の目が気になって緊張も増してしまう。

関川はまた俺に情報を売りつけてきて、「浅海には……中学三年の妹がいる」と聞かされ百円の損をした。

花音からはまた厭世的なメッセージが届くようになった。幼馴染の死が近づくにつれ、彼女の心も疲弊しているようだった。

昨日は『死にたいです』とメッセージが送られてきて返信に困った。リュウジさんがいてくれたらうまく対応してくれるのに、今はグループトークには俺と花音しかいない。俺が彼女を宥めるしかなかった。

『死んじゃだめだ』

そんなありきたりな励ましではだめだろうなと思い、入力しては削除し、を繰り返した。こういうときどんな言葉をかけてやればいいのか正解がわからず、とりあえず当たり障りのない無難なスタンプを送った。クマのキャラクターが汗を飛ばして困っているスタンプだ。

花音の気持ちは痛いほどわかる。でも、どんなに焦っても時計の針は止まってはくれない。

花音にとっての幼馴染は、俺にとっての浅海だ。彼女の死が近づくにつれ、やりきれない思いが胸に蓄積していくのを感じる。さらに俺は、花音とはちがって当事者でもある。

花音になにか優しい言葉をかけてやりたいが、俺にもそんな余裕はなかった。

俺はどうなってもいいから、浅海だけなんとか助かる道はないのだろうか。奇跡的にドナーが見つかって……なんて考えても、あまりに現実みがなかった。

『めんどくさいなって思ってません？』とすぐに花音から返信が来て、今度は同じスタンプを二個送った。

返事は来なくなった。

俺の余命が八日になった日、久しぶりにツイッターを開いた。なにげなく画面をスクロールしていると、ゼンゼンマンのツイートが目に入った。

『みなさんお久しぶりです。ゼンゼンマンはもうやめることにしました。なぜなら、自分がいつ死ぬかなんて、そんなことは知る必要などないからです。人は誰だろうと、いずれ死んでしまいます。明日死ぬかもしれない、今日死ぬかもしれない。だから、一日一日を大切に過ごしてください。そうすれば以前の私のように、人生に迷うことはないのだと思います』

なに言ってるんだと思った。でも、見えてしまうがゆえの苦悩や葛藤があるのかもしれない。自分の大切な人の寿命が見えてしまったら、ましてや自分の寿命が見えてしまったとしたら。

そう考えると死神も大変なのだなと、他人事のように思った。

携帯を閉じてカレンダーに目を向ける。残りの八日間は、毎日水族館に行くと決めた。好きなことをして、浅海との時間も増やしたい。後悔を減らしてから死ぬのが一番だと思った。

次の日も、そのまた次の日も俺は学校帰りにサンライズ水族館へ足を運んだ。ゆったりと優雅に泳ぐ魚たちを見ているだけで、なにもかも忘れられた。

俺の余命があと四日になった日の夜、花音からメッセージが届いた。嫌な予感がして俺はしばらく中を見ないで携帯を放置していた。なぜなら昨日が花音の幼馴染の最後の日だったからだ。昨日俺は迷ったが、気を遣ってメッセージは送らなかった。ふたりの最後の一日を、邪魔したくなかった。

　およそ一時間後、覚悟を決めて開いてみた。長文で綴られた文字を目で追っていくうち、そこに書かれている事実に驚愕する。

　携帯を置いて、少し部屋の中を歩いた。どういうことなのだと頭が混乱した。もう一度携帯を手に取り、文面を一言一句逃さず確認する。見まちがいでもなんでもなく、信じられない言葉の数々が綴られていた。

　結論から話すと、花音の幼馴染は死なな、か、っ、た。

　まちがいなく昨日がタイムリミットだったのに。

　花音もゼンゼンマンとのやり取りを確認し直してみたが、やはり昨日だったと言っている。

　しかし幼馴染は今も生きている。なぜ彼が生き長らえたのか、花音はこう仮説を立てた。

『実は昨日、彼の手術の日だったんです。あたしはその手術が失敗して、彼は死ぬんだと思ってました。もし手術を別の日にずらしたら彼はどうなるんだろう、って思いました。そこで彼の運命が変わり、寿命が延長されるんじゃないかって、もしかしたらそういうこともあるんじゃないかって、そう思ったんです。あたしは彼にすべてを打ち明けました。ゼンゼンマンのこと、彼がもうすぐ死んでしまうこと、手術の日が運命の日だということ。全部話すと彼は信じてくれて、病院の先生にめちゃくちゃ無理を言って手術日を変更してもらったんです。その結果、昨日彼は死にませんでした。ただ単にゼンゼンマンの予言が外れたのか、それとも行動を起こしたことが要因なのかはわかりません。でも、もしかしたら崎本さんも彼のように助かるかもしれないんです。ただの偶然なのかもしれないけど、死なない可能性もあると思います。崎本さんもなんでもいいからやってみて、生き延びてください！』

死神の予言が外れるなんて、まず考えられなかった。これまで見てきた数々の死が証明してくれたのだから。例外なんてあるはずがない。

ではなぜ花音の幼馴染は生き長らえたのか。彼女の言うとおり、手術をしなかったことにより運命が変わったのだろうか。いくら思考を巡らせてみても、俺にはわからなかった。

『ただ死が延長されただけで、また手術をすれば死んでしまうんじゃないか？』

感情が高ぶって、思わずストレートにそう返事を送っていた。でも指とは裏腹に、心の内ではもしかすると浅海も救えるのだろうかとわずかな光を見ていた。

でも彼女の話を聞く限り、根本的な解決にはなっていないと思った。彼はおそらく手術をしなければ病状が悪化し、結局は命を落としてしまう。別の日に手術をずらしたところで、死もその日にずれるだけではないのだろうか。

花音からすぐに返事が来て、もう一度ゼンゼンマンに彼の写真を添付して送ってみたが、返事がないからわからないという。

俺は携帯を閉じて天井を仰いだ。もしかしたら彼のその日の体調や、医師の体調によって手術ミスをするだとか、ほんの些細なことで結果は変わりうるのかもしれない。

その日の運勢や、なにかの巡り合わせによって運命が変わることもあったりするのだろうか。

リュウジさんはどうなのだろうと、ふと思った。彼の死も防げたのだろうか。

浅海はどうなのだろう。俺と浅海に残された時間はあと四日。いや、もうすぐ日付が変わってしまうから、あと三日か。浅海のために、なにかできることはあるのだろうかと真剣に考えた。

翌日の授業中も、俺は花音と連絡を取り合った。花音の幼馴染のことについて話したり、浅海のことで相談に乗ってもらったりした。

心が決まったのは深夜二時。こんな時間まで花音とメッセージをやり取りし続け、答えを出した。

考え抜いた末、浅海の死は防ぎようがないと俺は結論づけた。彼女の死因は病死が濃厚だし、ドナーを突然用意することもできないだろう。病死が百パーセントではないが、現実的にはそれ以外考えられなかった。

実はここ一週間、浅海の様子が少しおかしい。体調が悪そうで、顔色もよくない。なにより彼女の代名詞とも言える笑顔が少なかった。

だから俺は、あと二日のうちに、死ぬ前に自分の気持ちを伝えようと思った。リュウジさんや花音にそうしろと言われたからではなく、俺がそうしたいと思った。どうせ死ぬんだからそのあと気まずくならないし、最後くらいなにかしてやろうと、せっかく自分の命日を知ることができたのだから、その利点を最大限活かしてやろうと思ったのだ。

机の中からコピー用紙を一枚取り出し、手紙を書く。ラブレターではなく、招待状に近い。

俺の性格上、学校で浅海に声をかけ、気持ちを伝えるなんてとても無理だ。浅海は常に友達に囲まれているし、ひとりになったとしても周りの視線が気になる。そこで花音に相談に乗ってもらった結果、手紙を渡してはどうかという話になったのだ。

『十四日の放課後、大事な話があるのでサンライズ水族館で待ってます』

ベタだとは思うけれど、花音曰く手紙の方が特別感がある、という。

その短い手紙を書くだけで、かなりの時間を要した。字が汚いなとか、誘い方が微妙だなとか、書いては捨ててを何度も繰り返す。

これを浅海が読むと思うと、それだけでうっすら汗をかいた。女子に手紙なんて、今まで一度も書いたことがない。何枚も紙を無駄にして、ようやく書き終えたときはまだ渡してもいないのに達成感があった。

俺のホームと言ってもいいサンライズ水族館でなら、あるいは気持ちを伝えられるかもしれない。シチュエーションとしても申し分ない。

それに体験学習でもらった無料チケットがまだ残っていた。有効期限は今年いっぱい。浅海とふたりで汗水流して頑張った証でもあるあのチケットを使うのはなんだか特別な気がした。

死の当日ではなく、あえて前日にしたのはもし日付が変わってから朝までにどちらかが死んでしまったら、気持ちを伝えることができなくなってしまうと思ったから。

その日、俺はいつもより早く家を出た。直接手紙を渡すのは俺にとっては難易度が高いから、浅海の登校前に机の中に入れる作戦だ。花音は直接渡せと言ったがそれは無視する。

がらがらの駐輪場に自転車を停め、朝練で部活に向かう生徒を尻目に昇降口で靴を履き替える。靴箱に入れる案もあったが、その場合一緒に登校してきた生徒に見られてしまうかもしれない。机の中なら大丈夫だろうと、都合よく考えた。

俺が一番乗りだったようで、教室には誰もいなかった。すぐさま浅海の机の中に手紙を入れ、自分の席に座って彼女の到着を待った。

時間が経つにつれ続々と生徒たちが教室に入ってきて、俺の存在を確認するとぎょっとした顔をする。いつもは始業ぎりぎりに登校するからこの時間にいるのが珍しいのだろう。

こういう日に限って浅海はなかなかやってこない。あと五分でチャイムが鳴ってしまうが、彼女は一向に姿を見せなかった。

「二百円の情報があるんだけど、買うかい？」

時間ギリギリに登校してきた関川は着席するなり、指で円をつくるお馴染みのサインをしてきた。

「買う」

俺は躊躇いなくポケットの財布を手に取る。今さらだと思う気持ちもあったが、もしかしたら、とんでもない情報を聞けるかもしれないと期待を込めて。しかし、そのタイミングでチャイムが鳴った。

チャイムが鳴り止む前に担任がやってきて、一旦財布をポケットにしまう。担任は出席を取りはじめたが、浅海の席は空いたままだった。

「浅海は体調不良でしばらく休むそうだ。もしかしたら二学期はもう来られないかもしれないな」

出席を取ったあと、担任は浅海の机に視線を向けてさらっと言った。すると隣の関川が「営業妨害だ」と頭を抱えてぼそりと呟いた。彼が仕入れた浅海の情報とは、もしかしたら今担任が口にした長期欠席のことだったのかもしれない。

俺のように知らなかった生徒も多いようで、教室内は多少ざわついた。

嫌な予感がした。まさか浅海の体調が急激に悪化して、このまま弱って入院中、二日後に力尽きて死んでしまうなんてこともあるのだろうか。まさか、もう意識がなくてそのまま……。

普通に考えてありえないことではない。その可能性を微塵も疑っていなかった自分の愚かしさに辟易した。

彼女の病状は波があり、いつどうなるかわからない。こういう言い方をすると浅海は嫌がるだろうが、彼女は移植手術待機中の重病患者なのだ。通院したり薬を服用したりしてだましだまし今日まで生きてきたのだろうが、彼女の肺はおそらく限界が来ている。

彼女が死ぬ日を知っている俺はその日までは元気なのだろうと安心していたが、こういう事態も想定するべきだった。俺は机に突っ伏して悔んだ。

放課後、俺は水族館に直行した。授業が終わってからだと一時間もいられないけれど、短い時間でもいいからここに来たかった。落ち着かない心を鎮めるために。

館内に入ると真っ先にクラゲエリアに足を運んだ。そのエリアはほかよりも一段階薄暗く、ライトアップされたクラゲが際立っている。水槽の中で輝きを放つそれは神秘的で、無心で何時間でも見ていられる。海月《くらげ》の名のとおり、まさに海に浮かぶ月のようだ。

もう何百回も訪れているというのに、なにも考えずにただクラゲを眺めているだけで、不思議と心が安らいでいく。クラゲには人の心を癒すヒーリング効果があると科学的にも証明されている。

時間を忘れて水槽を眺め続けた。

しばらくしてから回遊水槽の前へ移動し、ベンチに腰掛けて携帯を手に取る。

『体調大丈夫？』

浅海宛てのメッセージを打ちこむ。文字を入力しては消して、また別の文字を入力しては消して。そうしているうちに閉館を告げるアナウンスが流れた。

もし返事が来なかったらと思うと、怖くてメッセージを送れなかった。もしかしたら今頃昏睡状態で、生死の境を彷徨っているかもしれない。いや、ただ風邪を引いただけで、明日にはけろっと登校してくるかも。

そうなることを信じて、俺は名残惜しく水槽を眺めながら水族館をあとにした。

俺と浅海の余命が、ついにあと一日となった。長いようで短かったな、としみじみ思いながら家を出る。花音から俺を気遣うメッセージが何件か届いていたが、どれも返事をしなかった。もう、放っておいてほしかった。

天を仰ぐと曇り空で、たしか今日から三日間雨だとニュースで見た。俺が死んだあとの天気なんて正直どうでもいい。

その日も浅海は欠席した。ぽつんと寂しげな空席を見ていると、彼女の死後は花が置かれるのかなと想像した。俺の席にも置かれるのだろうか。俺と浅海の訃報を聞いたクラスメイトたちは、いったいどんな顔をするのだろう。

まだ先のことだが、卒業式では誰かが遺影を持つのだろうか。卒業アルバムには、俺と浅海の写真は載るのだろうか。

授業そっちのけで俺と浅海が死んだあとのことを考える。うまく映像が浮かばなかったが、俺が死んでも泣くやつなんていないことだけはたしかだ。

「なあ関川、なんか情報ないの？」

放課後、帰り支度をしていた関川を呼び止める。彼は手を止め、俺に顔を向ける。

「浅海の？」

「うん」

「今はないかな。どんだけ浅海のこと好きなんだよ」

関川はけらけら笑う。こいつは肝心なときに有益な情報をよこさない。俺は憮然としてため息をついた。

「またなんかあったら売るから、待ってて」

「そういえばさ、なんでそんなに浅海に詳しいの？　もしかして、ストーカー？」

ずっと疑問に思っていたことを訊ねてみた。こいつはなぜか異常なまでに浅海に詳しい。嘘の情報は俺が知る限り今までなかったと思うし、どこで仕入れているのか、甚だ不思議でならなかった。

「それを知られたら商売上がったりだから、企業秘密」

にやりと憎たらしく笑いながら、関川は教室を出ていった。仕方なく俺も席を立ち、教室を出る。結局浅海に気持ちを伝えられないまま俺は死ぬのだろうか。背中を丸めてとぼとぼ廊下を歩く。

そのとき携帯がポケットの中で振動した。すぐさま手に取り、画面を凝視する。

『いよいよ明日ですね。死なないでくださいね！』

花音からのメッセージだった。がっくりと肩を落として、汗が噴き出るクマのスタンプだけ送っておいた。

帰宅してからは部屋の掃除をした。人は死ぬ前に身辺を片づけたくなると聞いたことがあるが、どうやら本当だったらしい。読み終わった漫画本はすぐに処分できるように紐で縛り、服も一枚一枚丁寧に畳んで引き出しに入れ直し、埃がひとつもなくなるくらい隅々まで掃除した。

「もう大掃除やってるのか」と父は笑ったが、俺は黙々と部屋を片づける。

掃除が終わったのは夜遅く。これで俺個人のことでやり残したことはない。たったひとつを除いては。

しばらく携帯をいじったあと、俺は意を決して浅海にメッセージを送った。文字を入力しては削除し、を繰り返して一時間。入力し終えたあと、メッセージを送るだけでさらに一時間を要した。

浅海が目の前にいるわけでもないのに、ただそれを送るだけで手が震え、汗をかいた。

トーク画面に文字が反映されてからもしばらく落ち着かず、画面を凝視した。送信を取り消してしまおうかとも思ったが、後悔だけは残したくなかった。

『明日の午前中、水族館で会いませんか？』

明日、俺と浅海は何時に命を落とすかわからない。だから、なるべく早い時間に会うべきだと思った。

きっと彼女は今頃病気に苦しんでいて、メッセージに気づかないだろう。それでもよかった。送るだけで心が軽くなった気がした。

これが深夜テンションというやつなのだろう。初めて自分から異性を誘うことができた。昼間なら送れなかったと思うが、夜が、しかも俺にとって最後の夜が、俺の背中を押してくれた。今日だけは深夜の高揚した気分に浸っていたい。

カーテンを開け、窓を開けて空気を入れ替える。ひんやりとした空気が肌を刺し、思いのほか心地よかった。

吸い込まれそうな闇。空は雲がかかっているようで星は見えない。街灯の明かりだけが静かな夜の街を照らしていた。

時計に目を向けると、間もなく日付が変わろうとしていた。秒針が、残酷なほど速く感じられる。

もうすぐ、カウントダウンが始まる。俺の人生の終わりを告げる、死のカウントダウンが。

窓を閉めてベッドに横たわり、目を瞑る。けれど、眠気は一向に訪れなかった。

いつもと同じ、朝七時に目を覚ました。昨夜は明け方まで眠れず、あまり睡眠時間が取れなかった。

俺の命ももうすぐ終わるのか、と思うとこんな人生でも名残惜しい気持ちになる。

携帯を確認してみると、浅海から返信はないが既読はついていた。無視されたのだと思うと絶望的な気持ちになった。でも携帯を見たということは、意識はあるということだ。それがわかっただけでもよかった。

浅海と会うつもりだったが、返事がないので学校へ向かうことにした。

重たいまぶたを無理やり見開き、朝食の準備に取りかかる。いつもは朝食はつくらないが、最後の日くらいなにかつくろうと思った。スクランブルエッグとウインナーを焼こうと決めた。

これが最後の食事になるのだろうか。そう思うとなんだか笑えてきた。まだ起きてていない父の分にはラップをし、ひとり黙々と朝食を口に運ぶ。

俺の死の当日は、嵐の前の静けさかと突っこみを入れたくなるくらい静粛な朝だった。普段と変わらない、どこか安心するような優しい朝。あまりにもいつもどおりすぎて、本当に俺は今日死ぬのだろうかと疑った。

でも、やっぱり死ぬのだろうなと考えを改める。葛西さんやリュウジさんのように、俺も浅海も今日で最後。花音の幼馴染は例外だったのだろう、と俺は結論づけた。

命の危険があるほど大がかりな手術をする、しないといった、人生を左右する大きな選択肢が目の前にあるのなら、あるいは死の運命を変えられるのかもしれない。

花音の幼馴染のように決定的で命を懸けるような大きな決断を下さないと、きっと死は避けられないのだ。残念ながら今の俺に人生を左右するほどの二択なんて存在しない。普通に学校に行き、運命に逆らわず潔く死のうと決意して玄関に向かう。

「あ、父さん。今日は晩ご飯用意できないから、なにか買って食べて」

起きてきてコーヒーを淹れている父は、「そっか、わかった」と視線を落としたまま言った。このまま外へ出たら、おそらくもうこの家には帰れない。なにか伝えるなら今しかない。

「……優子さんと、仲良くね」

そんな言葉が口をついて出た。父は顔を上げ、「どうした？」と珍しいものを見るような目を俺に向ける。

俺は首を横に振って、「なんでもない。スクランブルエッグつくったから、あとで食べて。じゃあ、いってきます」と言い残して家を出た。

湿っぽいのはあまり好きではないし、俺と父ならこのくらいの別れ方がちょうどいい。

外は雨が降っていた。雨でよかったと空を見上げながら思う。晴れでも曇りでもない気分だったから、むしろ心地いい。ビニール傘を差してバス停まで歩いていく。

バスに乗り、外の景色は見ずに俯いて目を瞑った。最後に通学路を目に焼きつけておこうなんて気にはならなかった。もうこの世界に未練や心残りはない。願わくばもう一度浅海に会いたかったが、それは叶わないだろうと諦めた。

　彼女が入院しているかもしれない病院に行ってみようかとも思ったが、それもやめた。昨夜は思わずメッセージを送ってしまったけれど、今はもうそんな気になれなかった。彼女に自分の気持ちを伝えたかったが、あまりにも遅すぎる。

　そんなことを考えながらバスを降りて学校まで歩く。

　俺の死が葛西さんのように殺人によるものだとするなら、さっさと殺してくれと思った。すれちがう人を睨みつけるように視線を向けたが、俺を刺す気配のある人物は今のところいない。

　教室には今日も浅海の姿はなかった。期待はしていなかったけれど、それでも落ちこんでしまう。浅海がいないだけでまったく別のクラスに見える。俺にとって浅海は、それほど大きな存在だったのだと改めて思い知らされた。

「あ、崎本くん。三百円の情報があるんだけど、買うかい？」

　今日も時間ギリギリにやってきた関川は、指でお決まりの形をつくる。一昨日の分を取り返す勢いの強気な値段設定だが、俺は躊躇いなく「買う」と宣言した。

「釣りはいらない」

　財布に入っていた五百円玉を関川に投げ渡した。今さらお金を手元に残しても意味がないし、二百円は今までのお礼だ。

「え、いいの？」

「うん。早く教えて」

片耳を関川に傾ける。チャイムが鳴ってしまう前に聞きたかった。

「えっと、浅海のやつ……今日からまた学校来るってさ」

「えっ」

思いがけない言葉が耳に入り、思わず関川の顔を凝視する。彼はにやにやしながら
「よかったね」と俺の肩を叩いた。

「それ本当なのか？」

「うん。なんか家族で旅行に行ってたらしいよ。詳しいことは知らないけど」

「体調不良じゃなくて？」

聞き返したところでチャイムが鳴った。関川は席に戻りながらなにか言葉を発していたがチャイムの音で聞き取れなかった。

そのとき携帯がポケットの中で振動した。机の下でこっそり画面を覗き見る。

ドクンと心臓が跳ねた。

『返事遅れてごめん。もう学校だよね、きっと。学校終わってからでいいから、水族館で待ってるね』

浅海からのメッセージだった。いくつもの疑問はあったが、震える手で返信を打った。

『わかった』

たったの四文字なのに何度も打ち間違いをしてしまい、入力し直した。

本当は今すぐにでも水族館に向かいたかった。俺と浅海に残された時間は、あとどのくらいあるのかわからないのだから。

それきり浅海からの連絡はなかった。授業中はずっと手をポケットに入れて彼女からの追加の連絡を待ったが、届いたのは花音からのメッセージだけだった。俺の身を案じる内容に、幽霊がサムズアップするスタンプだけ送ってそのあとは無視した。

浅海に気持ちを伝えよう。俺が死ぬのはそのあとでいい。いや、伝えるまでは死ねない。最後にひと花咲かせて散ろう。

「あの……具合悪いので早退してもいいですか？」

四時間目の英語の授業中、俺は精一杯の勇気を振り絞り、席を立って目を伏せ、思い切って女性教師に訊ねる。

放課後まで待てなかった。俺と浅海はもういつ死ぬかわからない。今すぐ彼女に会いたかった。今水族館に行っても浅海はいないと思うけれど、早めに行って彼女を待っていようと思った。たったの一秒でも、早く会いたい。

生徒たちの視線が刺さる。男子はどうでもよかったが、女子からの視線に耐えられなくて足が震え、全身に汗も噴き出てきた。

「保健室行ってきたら？　保健委員は誰なの？」

女性教師が教室を見回す。

汗が机に滴り落ちる。やっぱり大丈夫ですと言おう、と弱気になったが、すぐにでも浅海に会いたくて、俺は逃げるのをやめた。

「いや、今日は早退します。失礼します」

顔を上げてきっぱりと言い切り、その勢いのまま教室を出る。女性教師は「待ちなさい」と声を上げたが、俺は廊下を駆け抜けた。

言えた、言えた、と心の中で叫んだ。あの英語の教師は目つきが母に似ている気がして、前から苦手だった。

こんなに勇気を振り絞ったのは人生で初めてかもしれない。よく逃げなかったな、と自分を鼓舞し、汗を拭いながら俺はひたすら走った。

外に出ると雨は朝よりも小降りになっていたが、傘を差してバス停まで歩いた。

やってきたバスに乗りこむ。座席に腰掛けると、俺は浅海に連絡を入れた。

『まだ放課後じゃないけど、もう向かってるから』

浅海は体調不良で欠席と聞いていたが、関川の話によると家族で旅行に行っており、今日から学校に来るという。

結局四時間目まで彼女は来なかったし、旅行も本当かどうかは直接彼女に聞かないとわからない。もしそうならなぜこのタイミングで、それも土日ではなく学校を休んでまで平日に行ったのだろう。腑に落ちない点はいくつもあるが、とにかく死ぬ前にまた浅海に会える。

　これから彼女に気持ちを伝えるのだと思うと、じんわりと汗がにじみ出てきた。バスが目的地に近づくにつれ、胸の鼓動も速くなっていく。

　サンライズ水族館に到着したのはちょうど午後一時。浅海からの返事はまだないので、とりあえず先に入館することにした。年間パスポートの期限がちょうど切れてしまったが、もう年パスを買う必要はないので入場料を支払って中に入る。迷ったけれど、無料チケットはお守りとして残しておいた。

　浅海に会う前にクラゲを眺め、ざわつく心を落ち着かせたかった。

　俺は端から端までゆっくりと時間をかけてゆったりと泳ぐ魚たちを観賞する。

　次の水槽に移動するたびに心が浄化されるような、軽くなるような気になる。リュウジさんはステージ上で死ねたら本望だと言っていたが、俺はここで死ねたら本望だ。

　見えてきたのは俺のお気に入りのクラゲエリアだ。

　今日もクラゲは狭い水槽の中を、馬鹿みたいにふわふわと漂流するように浮いていた。クラゲには脳がないから、本当になにも考えずに泳いでいるのだろう。悩みや恐怖も感じないのだろうか。

水族館に来てから一時間が経過した。浅海から連絡がなく、俺は焦りはじめる。まさかもう死んでるとかないよな、と何度も携帯を確認するが、既読すらついていなかった。

イルカショーの開催を知らせる館内アナウンスが流れ、俺はイルカスタジアムに足を運んだ。

客数は少なかったが、俺は一番後ろの席に座って開演を待つ。

すぐにショーは始まり、イルカたちがプール内を縦横無尽に泳ぎ回る。浅海と一緒にショーの手伝いをしたこと、イルカと戯れる浅海の姿が鮮明に蘇る。水飛沫が跳ね、ふたりしてずぶ濡れになった。思い出しただけで笑みが零れ、同時に涙まで零れそうになる。

ショーの終盤に差しかかったとき、携帯が鳴った。すぐに画面を見ると浅海からだった。

『ごめん今気づいた！　私ももういるから、外の観覧車のとこまで来て！』

まだショーの途中だったが、俺は席を立った。時間が惜しく、淡く光る水槽には目も向けず、誰もいない通路を走る。

外に出ると空は相変わらず灰色の雲に覆われていたが、雨は上がっていた。水族館のすぐ隣にある観覧車の前へ、俺は急いだ。

観覧車乗り場の前に、私服姿の浅海がいた。オレンジ色のコートを羽織り、走ってきたのかやや息が上がっている。顔は死にそうなくらい真っ青で、もしかすると体調不良は本当だったのかもしれなかった。

「あ、来た。なんか久しぶりだね。て言っても、三日ぶりだからそうでもないか」

浅海は引きつった笑顔を俺に向ける。やっぱりどこか苦しそうで、俺は彼女の体が心配だった。

「体調は大丈夫なの？　なんか、しばらく学校休むって先生が言ってたけど」

関川から聞いた家族旅行のことは、とりあえず聞いていないことにした。今は聞く必要も時間もないと思った。

浅海はまたきつそうに笑って頷いた。

「体調は大丈夫だよ、なんとかね。それより、崎本くんに話があって」

「話？」

浅海は深呼吸をして息を整える。肺が苦しいのだろうか、胸に手を当てて何度も深呼吸を繰り返している。

「私にもね、怖いものはいっぱいあって。これもそう」

浅海は観覧車を指さして言った。彼女がなんの話を始めたのか、俺は飲みこめずにいた。

「歯医者も怖いし注射も怖い。虫も怖いしお化けも怖い。高いところや狭いところはもっと苦手なんだ」

「あ、うん」

急な話についていけず、ぽかんとする俺を置いてけぼりにして、浅海はさらに続ける。

「私にも、誰にだって怖いものはたくさんあると思う。私は今からそれを克服するから、崎本くんも一緒に来て」

浅海は俺に観覧車のチケットを一枚手渡し、入場ゲートに入っていく。

「崎本くん！　早く早く！」

呆然と立ち尽くしている俺に、彼女は叫びながら手招きをする。なにがなんだかわからないまま俺は彼女の背中を追った。

ゆっくりと下りてきた赤いゴンドラに俺たちは乗りこむ。左右にふたりがけの座席があり、俺と浅海は向かい合って座る。彼女は座席の中央に座ったので、俺は奥の窓際にずれる。真正面はさすがに照れくさかった。

ゴンドラは徐々に上昇していく。窓ガラスには水滴がついているし、曇り空だから眺望は決してよくなかったが、久しぶりに乗った観覧車に気分が高揚する。

たしか小学生の頃に父とふたりで乗って以来だろうか。景色はほとんど変わらないが、上昇するたびにわくわくする気持ちも不思議と変わらないままだった。

「怖くない、怖くない」

　向かいで肩を震わせ、時折目をぎゅっと閉じながら、浅海はぶつぶつ呟いている。彼女の言っていた意味を、数分遅れて理解した。

　浅海はおそらく、高所恐怖症なのだろう。狭いところも苦手と言っていたから、閉所恐怖症もあるのか。

　狭いゴンドラが高いところへ進んでいく。それは彼女にとってどれほどの恐怖なのか俺にはわからないが、わざわざ自分からそんなことをするなんて、彼女の意図が読めなかった。まさかそれで発作が起きて死なないよな、と不安がよぎる。

「怖くない、怖くない」

　言いながら浅海は、恐る恐る窓に近づく。そして窓ガラスに手をつき、そっと下を覗く。

「ひゃっ」と小さく悲鳴を上げて彼女は頭を引っこめる。なにをしてるんだろうと俺は苦笑しながらその様子を見ていた。

　窓の向こうには壮大な海が広がっていて、俺は身を乗り出して覗きこむ。ゴンドラは間もなく頂上付近に到達する。

「たぶん今てっぺんに着いたから、あとは下っていくだけだよ」

青ざめた顔の浅海を気遣う。彼女は聞こえなかったのか、「怖くない、怖くない」と効果がなさそうな呪文をひたすら繰り返していた。

ゴンドラはゆっくりと下降を始めた。本当に不思議だった。女性とふたりでこんなに狭い密室にいるなんて。

今は汗もかかず、鼓動も静かなままだ。目の前にいるのが浅海以外の女性だったとしたら、まちがいなくこうはいかないだろう。もう一周しても俺は平気だが、浅海はたぶん無理だろうなと、まだぶつぶつ呟いている彼女を見て少し笑った。

「もう着くよ」

ゴンドラが地上付近まで下り、スタッフがドアを開ける。

「お疲れ様でしたー。足元に気をつけてお降りください」

浅海は俺の制服を摑み、ペンギンのようによたよた歩きながらゴンドラを降りる。制服を摑まれるとドキドキして、うっすらと首筋に汗をかいたが、これは女性恐怖症とはちがうものだった。

「はあ、死ぬかと思った」

近くのベンチに腰掛け、浅海は大きく息をついた。満更冗談にも聞こえず、俺は自販機で水を購入し、顔面蒼白の浅海に手渡す。

「ありがとう。いただきます」

余程喉が渇いていたようで、浅海はキャップを開けると勢いよく水を飲む。俺もベンチに腰掛け、彼女が落ち着くのを待った。

「大丈夫？」

俺の隣で唇を尖らせて息を吐く浅海に声をかける。まるで出産するときのような息遣いをしていて、相当怖かったのだろうな、と憂慮する。

「うん、なんとか。たぶん、克服できたと思う」

「そ、そうなんだ。それならよかった」

「うん」

どう見ても克服したようには見えないが、ここはそういうことにしておいた。苦手なことにチャレンジするだけで十分立派だ。

「でも、どうして急にこんなことを？」

幾分落ち着いたようなので、話を切り出した。無理をして体調がさらに悪化したら一大事だ。

浅海は水をもうひと口飲んでから答える。

「恐怖症は克服できるんだってこと、崎本くんに見せたくて」

「……え？」

「崎本くんの女性恐怖症も、きっと克服できると私は思う。今すぐには無理でも、観覧車のようにゆっくりと前に進めば、いつかは克服できると思うから、頑張って！」

うまくない喩《たと》えは聞き流して、「ありがとう」と俺は返す。説明を聞いて、そういうことだったのかとやっと理解した。

恐怖は克服できるのだと、彼女は俺のために身をもって証明してくれた。証明できたかどうかはさておき、俺のために無理をしてくれたことがなにより嬉しくて、ぎゅっと胸が熱くなる。

「さっきも言ったけど、注射とか虫とか、お化けだとか、誰しも怖いものはあるんだよ。でも、克服できないものはないと私は思ってる。現に私は観覧車に乗れたし、崎本くんは私のことは平気だって言ってくれた。それってたぶん、私がしつこく話しかけたから免疫がついたんだよ、きっと。だから、崎本くんは好きな人をつくって、恋人もつくって、そしたらもっと克服できると……思うよ」

その声は後半から震えだし、最後には涙を零しながら浅海が言い終える。

浅海は俺なんかのために涙を流し、怖くないと自分に言い聞かせて体を張ってくれた。俺の女性恐怖症のことを知って、彼女なりになにかできないか一生懸命考えてくれたのだ。

時間が解決してくれると父は言い、あとは本人次第でしょうと医師は言った。かつてのクラスメイトたちは女性恐怖症のことを馬鹿にして、俺の悩みを自分のことのように考えてくれた人はひとりもいなかった。今日までは。

「私は病気だから、たぶんもう長くは生きられない。崎本くんの恐怖症克服のお手伝い、もっとしたかったけど、きっと崎本くんなら乗り越えられると思う。応援してるね」

浅海は笑顔を見せたまま涙を流し続ける。

ふいに目頭が熱くなった。溢れたそれを零すまいと必死に堪える。

「ありがとう」と発した声が震えた。

やっぱり俺は、浅海には死んでほしくないと心の底から思った。

閉館時間まで一時間。また雨が降り始めたので俺たちは水族館の中へ移動した。

「久しぶりだね、ふたりでここに来るの。たしか、崎本くんの誕生日以来だよね」

入館した頃には浅海は泣き止んでいた。体調を気遣ったが、今は大丈夫なようだ。

「クリオネって一生見ていられるよね」

「ああ、うん」

クリオネの水槽に張りついている浅海を横目でちらりと覗く。

俺たちに残された時間はきっとあとわずかだ。俺は彼女に想いを告げるタイミングを見計らっていた。

しかし、なかなか切り出せないまま時間だけが過ぎていく。閉館まであと三十分もない。時間がないから余計焦ってしまう。汗が止まらなくて、浅海に見つからないようにハンカチで額の雫を拭った。

浅海が急に咳きこみだしたのは、クラゲの水槽をふたりで眺めていたときだった。

彼女に声をかけるタイミングを窺っていると、突然胸を押さえて苦しみ出したのだ。

浅海は震える手で鞄から水と透明なピルケースを取り出し、薬を二錠口に含んだ。

「ごめん、驚かせて。軽い発作だから大丈夫」

と浅海は息を荒らげながらも笑う。俺はどうしていいかわからず、救いを求めて周囲に視線を走らせる。しかし近くにいる客は水槽の中の生物に夢中で、咳きこむ浅海に気づく様子はない。

「だ、大丈夫？」

浅海の顔を覗きこむ。彼女は真っ青な顔で「大丈夫」と微笑んだ。

一度回遊水槽の前まで戻り、近くのベンチに浅海を座らせた。ひとり分の距離を空けて俺も座る。薬が効いてきたのか発作は治まったようで、彼女は目を瞑って呼吸を整えている。

腕時計に視線を落とすと、閉館時間まであと二十分を切っていた。

「ごめんね、急に咳きこんじゃって」

ペットボトルの水を飲み干した浅海は、深く吐き出した息とともに力のない声を漏らした。少し落ち着いたようで、俺はホッとする。

「いや、全然。なんともないならよかった」

「うん、ありがとう」

それから数分の沈黙が下りた。

俺は背筋を伸ばし、握った拳を膝の上に置いて固まっていた。浅海の発作によって気勢を削がれてしまったので、一旦仕切り直す。

早く伝えなくては、と心では思っていても口が動いてくれない。浅海の方を盗み見ると、彼女は澄んだ瞳で回遊水槽を見上げていた。

「初めてふたりでここに来たのって、二ヶ月前だったよね。なんか、もっと前のことのような気がする」

ふと思い出したように浅海は口を開く。そういえばそうだったか、と俺は職場体験で訪れた日を思い起こす。

「崎本くん、今思えばすごく挙動不審だったよね。ただシャイなだけかと思ってたけど、なんかごめんね。あのときは女性恐怖症だってこと、全然知らなくて」

「まあでも、おかげで耐性ついたから結果オーライってことで」

「あははっ。でもほんと、楽しかったよね」

浅海の言うように、最初はうまく話せなかった。けれど日を追うごとに落ち着いて話せるようになり、いつしか汗もかかなくなった。彼女のおかげで俺は女性恐怖症を克服しつつあった。

そして、俺は浅海のことを好きになった。

今でも信じられない。人はこうも簡単に変われるものなのかと。

でも、俺も浅海ももうすぐ死ぬ。花音の幼馴染に起きたような奇跡はきっと起こらない。どうして俺たちが死ななきゃいけないのだろう。今になって初めて怒りを覚えた。

「初めて崎本くんと話したのって、バスの中だっけ？　ここ座れるよって教えてあげたのに、大丈夫ですって言われた気がする。あれ、けっこう恥ずかしかったんだからね」

たしか、浅海の尾行をしていた時期だ。俺と同じ日に死ぬ浅海莉奈とはどんな人物なのか、馬鹿みたいに探っていた。

でも、厳密に言えば初めて話したのはあのときではない。一学期に隣の席だったことがあって、一度だけ短い言葉を交わした記憶がある。浅海は覚えていないだろうけれど。

「そのあとに職場体験学習があったんだよね。よろしくって手を出したのに、崎本くんスルーしたよね。まあ仕方ないけど、あれ地味にショックだった」

浅海は笑いながら言う。今なら握れるだろうかと俺は自分の手のひらを見つめる。

「あの雨の日も楽しかったなぁ。私の傘がなくなって、教室に戻ったら崎本くんがぽつんとひとり席に座ってて。……一緒に見た虹、綺麗だったな」

そんなこともあったな、と俺は微笑む。

「誕生日にあげたマフラー、今もつけてくれて嬉しいな」

浅海は穏やかな表情で言葉を紡ぐ。それ以上、思い出話を続けてほしくなかった。泣いてしまいそうだから。

これは、浅海のひとりごとだ。彼女のひとりごとには反応しないと決めていたのだ。また声が震えてしまいそうだから、そう自分に言い訳して俺は黙っていた。

「私が体調を崩したとき、お見舞いに来てくれたよね。びっくりしたけど、嬉しかった。あのときくれた漫画、面白くて全巻集めたんだよ」

見舞いに来てくれた友人たちと別れ、振り返ったときの浅海の沈んだ表情。今にも泣きだしてしまいそうな、子どものような顔。その直後、待合ホールにいた俺と目が合って破顔したあのときの表情。

今でもはっきりと覚えている。

無理をしているような、つくったような助けを求める笑顔。見ているこっちが辛かった。

「レッドストーンズのライブでも会ったよね。崎本くんが来てるなんて知らなくて、すっごくびっくりしたのを覚えてる。あのあとリュウジが死んじゃったのは残念だったけど、いいライブだったよね」

ついに堪えていた涙が零れ落ちる。

どうして今、浅海はそんな話をするのだろう。間もなく別れの瞬間が訪れることを知っている俺には、あまりにも残酷すぎた。

もう聞きたくないのに、浅海は相変わらず喋り続ける。

「一緒に花火もしたね、夜の公園で。寒かったけど、すごく綺麗だった。また夏が来たら、一緒に花火したいね。……本当に楽しかったなぁ。私は病気も私の一部だと思ってたけど、初めてかもしれない。こんなに病気を憎んだのは……」

途中から浅海の声が震えていた。まるで彼女も、もうすぐ別れのときがくるのを知っているような口ぶりだった。自分の命の終わりがくることを、なんとなく悟っているのかもしれない。

「俺も……本当に楽しかった。浅海には感謝してる。ありがとう」

本当に伝えたいのは感謝じゃない。続きの言葉が出てこない自分が情けなかった。

「実は私ね、職場体験のとき、崎本くんが水族館を選んだこと、知ってたんだ。だから私も、水族館にしたの」

「え、どういうこと」

浅海に顔を向けたとき、ふっと彼女の頭が沈んだ。胸を押さえて蹲《うずくま》り、再び激しく咳きこみだした。

「え……浅海……」

俺は立ち上がり、苦悶の表情を浮かべる浅海に声をかける。しかしそのまま床に横向きに倒れた彼女から返事はなく、返ってくるのは荒い呼吸音と咳嗽《がいそう》だけだった。

目の前が真っ暗になる。

「大丈夫ですか?」

浅海の異変に気づいた案内係の人が駆け寄ってくる。回遊水槽の前にいた数人の客が集まってきて、俺は後方に追いやられる。足がもつれて尻もちをついた。

「誰か、救急車呼んで!」

男性の野太い声と同時に、閉館を告げるアナウンスが館内に響いた。緊迫した現場には到底ふさわしくないノスタルジックなオルゴールの音が、俺の耳に届く。

タイムリミットが来たのだと俺は悟った。

死神の宣告どおり、浅海は死ぬ。俺がうじうじして躊躇っているから、神様が強制的に終わらせたのかもしれない。

「浅海」

目を瞑って横たわっている浅海に恐る恐る近づき、どうしていいかわからずとっさにしゃがむと彼女の手をぎゅっと握りしめる。

初めて握った浅海の手は、温かかった。

間もなく俺も死ぬだろう。「救急車呼んだぞ！」という声が聞こえ、見覚えのある女性飼育員が何度も浅海の名前を呼ぶが、おそらく彼女には届かない。

浅海の手から、ふっと力が抜けた。

さようなら、俺もすぐ行くから、と心の中で声をかけて、そっと手を離した。

俺はゆっくりと立ち上がり、水槽に手をつきながらよろよろ歩いて水族館を出た。

臆病者だとわかっている。でも、浅海が苦しんで死にゆく姿なんて、見たくなかった。

今朝よりも激しい、冷たい雨が俺の全身に降り注ぐ。傘を取りに戻る気力もなく、雨に打たれて項垂れたままひたすら歩いた。

やっぱり奇跡は起こらなかった。死神の宣告どおり、俺たちは死ぬ。運命は変えられなかった。

でも、後悔はない。浅海に自分の気持ちを伝えられなかったが、感謝の言葉は言えた。やれるだけのことはやった。

短い人生だったけれど、浅海やリュウジさんと過ごした最後の数ヶ月間は一生分の価値のある宝物だ。なにより、女性恐怖症だった俺が、初めて異性を好きになれた。

浅海が言っていたように本当に天国があるのだとしたら、もうすぐ彼女と再会できる。だから、死ぬのは怖くはなかった。むしろ早く死んで彼女に会いたいとさえ思った。今ならすぐに追いかけられる。

浅海の手のぬくもりが消えないように右手をぐっと握りしめて、涙を流しながら俺は歩き続けた。雨なのか涙なのか鼻水なのか、顔はぐしゃぐしゃで数メートル先すら見えなかった。

遠くから救急車のサイレンが聞こえた。浅海を搬送しに来たのだろうが、彼女はもう助からない。行くだけ無駄だ、役立たず。心の中で毒づく。

クラクションの音で我に返った。顔を上げるとそこは横断歩道の真ん中で、前方の信号は赤。ブレーキ音とともに白い光が迫ってくる。

――気づいたときには手遅れだった。

迫りくる黒い鉄の塊が、それに反応しようとする自分の体が、すべてゆっくり動いているような感覚を味わった。地面に落ちる雨のひとつひとつが視認できるほどに。

ああ、俺は死ぬんだなと思った。痛いのは嫌だから、即死であることを祈る。けれど次の瞬間にはもう浅海のことを考えていた。最後に浅海が遺した言葉が引っかかっていた。が、それも天国で聞けばいい。

俺はゆっくりと目を閉じる。甲高いブレーキの音が耳に響いた。

第四章

終わりを告げるオルゴール

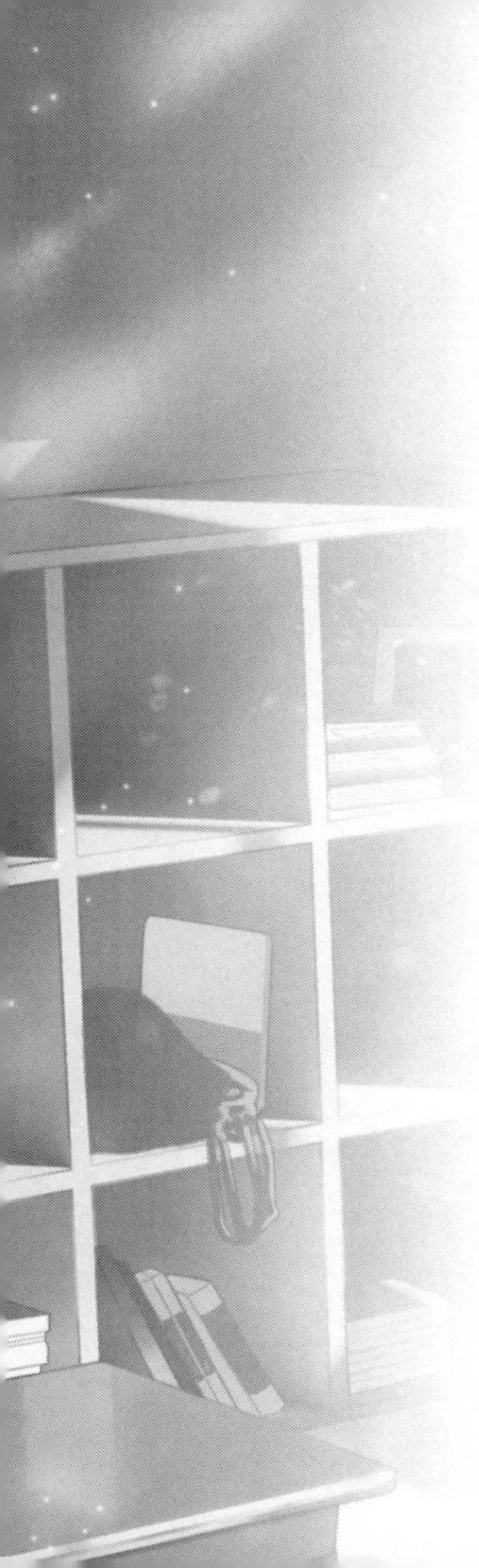

「崎本光です。よろしくお願いします」

高校二年に進級した初日。聞き取りにくい声で自己紹介を終えた彼を見て、「あっ」と思った。

その横顔に見覚えがある。彼を見た瞬間に私の中で眠っていた記憶が呼び起こされ、霞んでいた空がすっと晴れた気がした。

彼は着席すると、ほかの生徒の挨拶なんてまるで興味がないと言わんばかりに頬杖をつき、窓の外に視線を向ける。

たぶん、彼でまちがいない。私が昔よく通っていた水族館に、必ずと言っていいほどいた少年だ。それも、たったひとりで。


中学の頃、突然の乾いた咳や息切れに悩まされ、親に連れられ病院で検査を受けたことがあった。ただの風邪だとそのときは思っていた。

検査の結果、特発性の肺の病気が判明した。

現在のところ有効な治療法が見つかっておらず、薬物療法で進行を抑えることしかできないらしい。私の年齢でその病に罹患するのは前例がないそうで、通常三年から五年で命を落とすと医師に告げられた。

私は絶望の淵に突き落とされ、三日三晩泣き続けた。信じたくなくて心が壊れてしまいそうになり、手首を切る寸前まで追い詰められた。

でも、あるとき気づいた。いくら泣いても意味がないし、私の病気が治るわけでもない。泣いても笑っても未来は変わらない。だったら馬鹿みたいに笑っていようと思った。

鏡の前で泣きながら、無理やり笑顔をつくった。病気も含めて私なのだから、笑って受け入れるしかないと。切り替えの早さは私の長所でもある。その長所が初めて役に立ち、以降は少しだけ心が軽くなった。

その後私は入院し、外出許可が下りたとき近くにあったサンライズ水族館というところに家族四人で行った。

「あの人、ひとりで来てるのかな？」

妹の由梨《ゆり》が指さした先には、クラゲ水槽の中を熱心に覗きこんでいる男の子がいた。私と同じくらいの年頃の子で、周りに家族らしい人はいない。

ひととおり観賞を終えた私と妹は、今度は彼の観賞を始めた。中学生くらいの男の子がひとりで水族館にいるなんて、深海魚くらい珍しかったから。

彼は館内を何往復もして、時間をかけて水槽の中をぼんやり眺めていた。私たちが帰る時間になっても、彼はまだクラゲ水槽の中を見つめていた。

次の外出時にも私は水族館に行った。順番に水槽を眺めていって、クラゲエリアに足を踏み入れるとまたしてもあのときの彼がいた。

「あっ」

私と妹は同時に叫んだ。彼は不思議そうに私たち姉妹を一瞥して去っていく。その瞬間まで彼のことなんてすっかり忘れていたけれど、「またひとりで来てるね」と妹と笑い合った。

私は退院してからも何度か水族館に足を運んだが、ほぼ毎回と言っていいほど彼はクラゲエリアに陣取っていた。もしやこの場所に住み着いている幽霊なのでは、と思ったほどだ。

私と妹は陰で彼のことを『クラゲの番人』と呼んでいた。

中学三年になってからは受験勉強などで忙しく、高校に入学してからはもう水族館へ行かなくなった。

肺の病気が急激に悪化したのは、高校一年の二学期終盤。それまでは頑なに拒んでいたが、医師と両親に肺移植を強く勧められた。

仕方なくいくつもの手続きや検査を経て移植希望登録を済ませた私は、臓器移植を待つレシピエントとなったのだった。

亡くなった人の肺を私がもらって生き長らえるなんてなんだか申し訳ないから、肺移植にはあまり前向きではなかった。手術費も高額で、親にも負担をかけてしまう。

もしドナーが見つかったら一時間以内に手術を受けるか否か決めなきゃいけないらしいけど、私は断るつもりでいた。

そして二年に進級した初日。自己紹介の時間に消えかけていた彼の記憶が蘇った。クラゲの番人だ、と自己紹介を終えた彼を見て思った。一年のときはクラスが離れていて、彼の存在に気づいていなかった。

まさか再会するとは。一方的な再会だけれど、私はすぐに妹に連絡を入れた。

『ビッグニュース！　なんと、クラゲの番人と同じクラスになりましたw』

すぐに妹から爆笑するウサギのスタンプが五つ連続で送られてきた。

それから一ヶ月間、私は彼の観察をした。崎本くんはほかの生徒たちと一切話そうとせず、クラスで孤立していた。唯一話していたのは私と同じ中学出身の関川くんという男子生徒だけで、ふたりは一年の頃から同じクラスだったらしい。

一学期に一度だけ崎本くんと隣の席になったことがあった。一番前の席で、目の前が教卓。休み時間に漫画を読んでいた彼に私は思い切って声をかけてみた。

「それ、なんの本？」

私がそう言うと、彼の肩がびくんと跳ねた。急に声をかけたから驚かせてしまったのかもしれない。

「い、いや、べべべつに……ふ、普通のやつ」

彼はそう言って漫画本を閉じ、逃げるように教室を出ていった。驚かせて怒ってしまったのかな、と私は反省した。

その週の土日は崎本くんが読んでいた漫画本を買って、試しに読んでみた。ちらりとタイトルが見えたので、話題づくりのためにとりあえず一巻だけ。

いかにも男子が好きそうなバトル漫画で、上半身裸のムキムキの男たちが闘技場で殴り合っている。普段漫画なんて読まないし、痛々しくて最後まで読めなかった。

週明けの月曜日、崎本くんは一番後ろの席に移動することになった。視力の悪い生徒が前の席に移動したいと申し出て、真っ先に崎本くんが手を挙げたのだ。

それからは彼と話すことはなかった。彼は普段は自転車通学だったけれど、雨の日は私と同じバスに乗る。

話しかけるチャンスは何度かあったのに、崎本くんがあからさまに私を避けているような気がして、なかなか声をかけられなかった。体育祭も文化祭も、崎本くんは興味なさげでいつもひとりだった。

「ねえ関川くん。関川くんって崎本くんと仲いいよね。今度の職場体験、崎本くんがどこの職場選ぶか知ってる？」

その日の放課後、私は関川くんを呼び止めた。彼は崎本くんと仲がいいし、隣の席だからなにか知っているかもしれないと思ったのだ。

関川くんは少し驚いたような顔をしたあと、にやりと笑みを零す。

「知ってるよ。さっき盗み見たから」

「ほんと？　よかったら教えてほしいんだけど」

「いいけど、百円ね」

「え？」

関川くんは人差し指と親指で丸の形をつくる。彼の言葉と指の形を見て私は悟る。中学の頃はあんまり話したことがなかったから、彼がこんなにせこいやつだとは知らなかった。

「お金、取るんだ」

私は軽蔑の目を向ける。しかしノーダメージだったらしく、仕方なく鞄から財布を取り出し、百円玉を手渡した。

毎度、と彼は笑い、私に耳打ちをする。

「崎本が選んだのは……水族館の飼育員だよ」

やっぱり。私の予想は的中した。

私は一応彼にお礼を言ってから、職場体験のアンケート用紙の第一希望欄に『水族館の飼育員』と記入した。

なんとなく、彼と仲良くなってみたいという願望があった。昔からクラスで孤立している生徒を見ると放っておけない性格で、友達からはお節介だと言われるけれど、どうしても崎本くんとは仲良くなりたいという気持ちを抱いてしまった。

彼のことを探っているうちにだんだん気になってしまったのだ。彼の寂しそうな瞳は、どこか私に似ているような気がしたから。

なにかを抱えこんでいるような、苦しんでいるような暗い瞳。だから彼のことを放っておけなかった。

体験学習の二日目が終わったあと、自転車を押して歩く崎本くんと雑談しながら一緒に帰った。そしてバス停へと向かう私の背中越しに、彼のかすれた声が聞こえた。初めてかもしれない。崎本くんの方から私に声をかけるなんて。振り返ると彼は躊躇いがちに顔を伏せ、こう言ったのだ。

「ゼンゼンマンって人、知ってる？」

聞き慣れない言葉に、私は首を傾げる。わからないと答えると、崎本くんはなぜか焦って逃げるように去っていった。

家に帰ったあと、私はベッドの中で崎本くんのことを考えていた。彼は私と話すとき、一切目を合わせない。でも帰り際、一瞬だけれど彼は私の目を見た。なにかを伝えたいような、なにかを訴えかけるような切実な目で。

携帯を手に取り、私は彼が口にした言葉を検索してみた。たしか……そう、ゼンゼンマン。なにかの漫画のキャラかな。以前私が彼に漫画のことを聞いたから、それを覚えていておすすめの漫画を教えてくれたのかな、と思った。

しかし画面に飛びこんできた検索結果は、私の想像を超えたものだった。

ゼンゼンマンとは、人の死を言い当てることのできる予言者とあった。それも、九十九日以内に死ぬ人間限定の。

的中率は百パーセント、余命宣告されて助かった者はいない。写真を添付して送れば、死が迫っている者にだけ返信が来る……。

理解が追いつかなくて私はさらに調べ続ける。

調べていくうちに怖くなった。なぜ崎本くんが私にゼンゼンマンの話を振ってきたのか。答えは容易に推測できた。

きっと彼は、ゼンゼンマンに私の写真を送ったのだ。そして返事が来て私の寿命を知った。私になにかを伝えようとしていたし、すごく言いづらそうにしていたし。

私の肺は、もう限界なのだろうか。

こういったオカルト的なものはあんまり信じない方だけど、試しに自分の写真を撮ってゼンゼンマンに送りつけてみた。即レスはなかったが、心臓が嫌な感じで波打った。

職場体験の最終日。その日の帰り際にも彼は私に声をかけてきた。崎本くんは、私の病気のことを知っていた。

やっぱり私はもうすぐ死ぬのだと確信した。

だから彼は病気のことを訊ねてきたのだろう。私が死ぬことを知っていて、その原因を探っているのかもしれない。

私は包み隠さず、正直に全部話した。彼は青ざめていたけれど、嘘をついてもしょうがないし下手に詮索されるのも嫌だから、すべてを打ち明けた。

誰かに打ち明けたところで解決する類の悩みではないし、人によってはあまり耳に入れたくない話だと思う。でも聞かれたらなるべく話すようにしていた。嘘をついたりごまかしたりするのは、なんだか病気に負けたような気がしてむかつくから。

全部話し終えると、心がスッと軽くなった気がした。

三日間の体験学習が終わり、私たちは現実世界へと引き戻される。まあ、水族館も現実なんだけど。

崎本くんは学校では相変わらずよそよそしくて、ちょっと寂しかった。水族館ではあんなに話してくれたのに。

それから二週間後、大雨の日に傘を紛失した。

仕方なく雨が止むまで校内を散歩し、吹奏楽部の演奏を聴いてみたり、雨でグラウンドが使えなくて廊下で筋トレをしているサッカー部を見学したりして時間を潰した。

誰かいるかな、と思って教室をちらりと覗くと、崎本くんがひとり自分の席に座ってぼうっとしていた。傘を忘れたそうで、雨が止むのを待っていたらしい。

ちょうどいい機会だったので、どうしていつも目を合わせてくれないのか聞いてみた。シャイにしても、度が過ぎる気がしたから。

彼は答えてくれなかったから、十秒間見つめ合いチャレンジをしようと提案してみた。軽いノリっぽく言ってみたけれど、男子とするのは初めてで心臓がばくばくだった。

邪魔が入って四秒で終わってしまったけれど、いつの間にか雨は止んで、空にはくっきりと虹がかかっていた。

虹なんて久しぶりに見た気がして、胸が弾んだ。

崎本くんと一緒に見られるなんて。

ずっと見ていたくて、まだ消えないで、と心の中で願ったけれど、たったの数分で虹は消えてなくなった。

「ねえ関川くん。崎本くんの情報、なにかない？」

ある日の放課後、崎本くんが下校したのを見届けてから関川くんに聞いてみた。体験学習以降は崎本くんと接点が全然なくなってしまったからだ。

「ああ、とっておきの情報がひとつあるよ。百円ね」

「わかった」

私は渋々彼に百円を支払い、片耳を寄せる。

「崎本の誕生日は……十一月十六日」

私はカレンダーに目を向ける。その話が本当なら、あと二週間もない。

「それ、本当なの？」

私は彼に訝しげな視線を投げる。適当なことを言ってお金だけ巻き上げるつもりじゃないだろうかと疑った。

「ほんとほんと。一年のときそんな話して、うちの母ちゃんと同じだったから覚えてる。まちがいないよ」

「ふうん、わかった」

水族館のことも嘘じゃなかったから信じることにした。

なにをプレゼントしようか考えながらの帰り道は、幸福な時間だった。

崎本くんの誕生日当日。なにを渡すか前日まで悩みまくって、マフラーにした。無難だと思うが季節的にもぴったりだし、彼に似合いそうなものが見つかってよかった。

でも、どうしたことか崎本くんは今週に入ってからまだ一度も登校していない。最近はめっきり冷えこんできたから風邪を引いたのかもしれない。

　でも風邪で三日も休むだろうか。そもそも彼が学校を休むなんて珍しい。連絡先を知らないから本人に聞くこともできなかった。

　関川くんも彼の欠席理由を知らないらしく、私は放課後、サンライズ水族館に行ってみた。崎本くんが行きそうな場所と言えば、そこしか思いつかなかったから。

　予想どおり、彼はいた。しかも、クラゲエリアだ。

　軽いデジャブを感じながら声をかけ、誕生日プレゼントを渡した。男友達に義理チョコをあげるみたいに、さりげなく。内心ばくばくだった。彼は驚いていたけれど、しっかりと受け取ってくれた。

　その日の深夜、私は発作を起こして救急搬送された。突然呼吸困難に陥り、胸を押さえて激しく咳きこんだ。異変を察知した妹が私の部屋に来てくれて、すぐに救急車を呼んでくれた。

　まだ死にたくない。せっかく崎本くんと仲良くなれたのに。泣きながら必死に点滴や吸入を繰り返して体内に酸素を取り入れた。気づいたときは朝で、ほっとした。私は入院することになった。

『数日間、入院することになりました。ショック』

　クラスの子たちとつくっているＬＩＮＥのグループトークに、私はメッセージを送った。

今年の春、クラスの親睦会の二次会に参加したメンバーだけでつくったグループトークだ。ちなみに崎本くんは一次会にすら参加しなかった。

既読はすぐにつき、ものの数分で12と表示された。女子八人、男子六人がメンバーで、その中には関川くんもいる。

私を心配するメッセージが何通も届く。土曜日の午前中に、女子たちがお見舞いに来てくれるらしい。

肺の病状が思っていたよりも進行していると医師に告げられたのは、その日の夕方。私に気を遣って明言しなかったのだろうが、どうやら私の肺は相当やばいらしい。

医師の沈んだ表情が深刻さを物語っていた。

その日の両親の態度も、なんか変だった。やけに優しいし、表情も暗かった。たぶん、私の余命を医師から告げられたんじゃないだろうか。

翌日、私は久しぶりにツイッターを開いた。

すると、メッセージが一件届いていた。まさか、と背筋に悪寒が走る。

どうして悪い予感というものは、よく的中するのだろう。開いてみると思っていたとおり、ゼンゼンマンからのメッセージだった。

通知をオフにしていたから気づかなかったが、それはちょうど一週間前に送られていた。

『残念ですが、この写真を撮った日から数えて五十八日後に死にます』

――ああ、やっぱりね。私、もうすぐ死ぬんだ。

写真を撮ったのは一ヶ月くらい前だから、逆算すると残り二十七日。

百パーセント信じるわけじゃないけれど、私の体調の悪さと昨日の医師の表情、両親の態度もこの数字の正しさを暗示している。

自分から聞いておいてなんだけれど、死神にではなく、どうせなら医師に余命宣告されたかった。

医師は患者にわざと余命を短く教えるって聞くし、励ましの言葉もきっと添えてくれる。でも死神は容赦がなかった。死ぬ日だけをあっさりと告げてそれで終わり。

残念ですが、なんて書いてあるけど、本当に残念だとは思っていないのだ、こいつは。

いつ死んでもいいと、ずっと前から覚悟はできていたはずなのに。具体的な数字を明示されると怖くて涙が止まらなかった。どうして私なんだろうと、悔しかった。

ただのいたずらだと現実から目を逸らすこともできなくはなかった。でも、崎本くんの振る舞いや私の病状の悪化、周囲の態度など、信じざるを得ないたしかな材料がそこら中にあった。

死ぬ覚悟があったのは私の体だけで、心はまだ死にたくないと叫んでいた。

「お姉ちゃん。レドストのライブのチケット、私の分あげるからクラゲくんと行ってきたら？」

退院した次の日、妹が私の部屋のドアを開けるなりそう言ってきた。

何ヶ月も前から一緒に行こうねと約束していたのに、急にどうしたのだろう。難病に苦しむ姉を気遣い、妹なりにお姉ちゃん孝行でもしようということだろうか。

ちなみに妹は崎本くんのことを最近クラゲくんと呼んでいて、私は彼と仲良くなったことなどをよく話していた。

「でも由梨、前から楽しみにしてたじゃない。気を遣わなくていいから、一緒に行こう」

「いいから、行ってきなよ。私はまた今度でいいから」

まるで私には今度がないような言い方だった。

やはり私以外の家族は、医師から私がもう長くは生きられないと告げられているのだろうか。きっとそうだ。だからチケットを譲ってきたのだ。

「わかった、ありがとう」

詮索するのはやめにして、妹の厚意を素直に受け取ることにした。

でも私は、せっかく譲ってもらったチケットを崎本くんに渡せなかった。もうすぐ死ぬかもしれない女に、デートに誘われるなんてきっと迷惑だろうと思ったから。

重たいだろうし本当は私と関わりたくないのかもしれない。彼は未だにどこかよそよそしいし、基本的に冷たい。

ライブ二日前の金曜日の放課後、私は思い切って崎本くんに連絡先を聞いた。直接ライブに誘うより、ＬＩＮＥでならいけそうな気がした。断られても直接よりはダメージが浅いと思った。

でも、連絡先を交換したとき、突然崎本くんが女性恐怖症だということを知って、その瞬間、私は彼にどう声をかけたらいいのかわからなくなって、とりあえずひと言謝ってその場を離れた。

……思い当たる節がいくつもあった。

そのすべてが女性恐怖症によるものだとしたら納得がいった。

これまでの自分の行動を振り返ると、申し訳ないことをしてしまったのだと深く反省した。馴れ馴れしく話しかけたり、しつこくつきまとったりして彼に辛い思いをさせてしまったかもしれない。

せっかく連絡先を交換したのに、どう謝ればいいかわからなくてメッセージは送れなかった。

レッドストーンズのライブは当初の予定どおり妹と行くことになった。

『レッドストーンズのライブ、崎本も来てるよ。この情報はサービスでいいよ』

ライブが始まる直前、クラスのグループトークに『今レドストのライブに来てる』と送ると、関川くんからそんなメッセージが送られてきた。グループの方ではなく、私個人宛てに。

偶然崎本くんを見つけたのは、ライブが終わったあと。トイレの前でばったり会った。

しかしなにを話すか決めていなかったから、とっさに声が出てこず、そのまま妹に手を引かれて会場の外に出た。

翌日の放課後。私は何軒も書店を回り、女性恐怖症に関する本を探し求めた。

最後に訪れた書店に一冊だけ置いてあって、それを購入する。

『これを読めばもう大丈夫！　女性恐怖症の治し方』

病気のことを知って少しでも彼の力になりたかった。ついでにこの前崎本くんがお見舞いとして持ってきてくれた漫画本もまとめて購入した。彼の好きなものの話題を振れば話してくれると思ったから共通のネタがほしかった。

家に帰ってからさっそく女性恐怖症に関する本を開いた。筆箱からマーカーを取り出して気になった箇所に線を引いていく。

『慎重に関わらないと、相手にものすごいストレスを与えてしまうので注意しましょう』

『女性恐怖症の方に女性が近づくということは、高所恐怖症の方にバンジージャンプを強要するようなものです』

『いきなり馴れ馴れしく声をかけるのはやめましょう。軽い気持ちで肩を叩く行為も、相手にとってはナイフを突きつけられたも同然です』

読み進めていくたびに胸がちくちく痛んだ。『女性恐怖症の男性にしてはいけないこと』の項目を、私はほぼ遂行してしまっていた。知らなかったとはいえ、彼になんてことをしてしまったのだと深く後悔した。

彼の言動や振る舞いを見て、おかしいと気づくべきだった。読み進めるのが苦痛で、心臓の鼓動がうるさいくらいだった。

女性恐怖症の原因はいじめや虐待や恋人の裏切りなどさまざまで、どれが崎本くんを苦しめているのだろう。関川くんならなにか知っているかもしれない。

でも、彼に聞くのはやめておいた。崎本くんが今まで恐怖症のことを私に黙っていたのは、きっと知られたくなかったからにちがいない。本人に聞くべきだと思った。

『好きな人が女性恐怖症だったときの対処法』

次の章は、私が最も求めていたものだった。書店で目次を読んだときに、この文字を見つけたから迷いなく購入したのだ。

『相手の話をじっくり聞き、不安や恐怖を受け止める』

『無理やり治そうとしない』

『とにかくたくさん褒める』

それらの項目を、私は手帳に書き留める。じっくり話を聞いて受け止めることや褒めることなら私にもできそうだ。

その後も隅々まで本を熟読し、日付が変わった頃に就寝した。

次の日から崎本くんに声をかけるタイミングを窺っていたが、なかなかチャンスはやってこない。目が合うとあからさまに逸らされるし、避けられているようにも思えた。

明日こそはと意気ごんだが、翌日崎本くんは学校を休んだ。その日は諦めて帰宅すると、妹が部屋で号泣していた。話を聞くとレッドストーンズのリュウジが火災に巻きこまれて亡くなったらしい。

後日、レッドストーンズは当面の間活動を休止すると公式サイトで発表していた。

私も妹もショックで泣いた。

ラストライブでのリュウジの様子が変だったと、ネット上では話題になっていた。

特にギターのリュウジの大ファンだった妹は、二日間学校を休んだ。

その週の土曜日。

私はここのところずっと考えていたことを実行しようと決意し、午後になってから崎本くんにメッセージを送った。

サンライズ水族館の近くにある公園で彼と話をしようと思った。私に残された時間はあと十二日しかないのだから、うじうじしている暇なんてない。やり残したことはないかと朝早くから考えて、ふたつ思い至ったのだ。

ひとつはやっぱり、崎本くんのこと。彼がどうして女性恐怖症になったのか、それを聞いてみたい。じっくり話を聞いて、私にできることがあるならしてあげたいし、私が死ぬまでになんとか女性恐怖症を克服してほしい。

もうひとつは、部屋の片隅に置かれていた花火のセットが目に入り、これだと閃いた。今年の夏休みは雨が続いてできなかったから、死ぬ前にこれもやってしまおうと。もう私に夏はやって来ないのだから、季節外れだけど最後に崎本くんと花火がしたかった。

崎本くんの返事を確認すると、私は花火セットと洗面所にあった小さめのバケツを持って家を出た。

待ち合わせの公園に着くと、崎本くんは先に来ていた。ベンチに座って寒そうに肩をすぼめて。

「マフラーも、その服も似合ってる」

私はさっそく勉強したことを実行に移す。本によると、女性恐怖症の男性は自分に自信を持てない人が多く、褒めて自信をつけさせるのが大事だと書いてあった。

とはいえ言ったことは本心でもあったのだけれど不自然すぎたのか、彼の顔に警戒の色が浮かぶ。せっかく考えてきた作戦が失敗してしまい、顔が熱くなった。

寒かったけれど花火をするという目標は難なく達成できた。あとやり残したことは、崎本くんの恐怖症を克服させることだけ。花火を終えた帰り道に、私は思い切って訊ねた。

聞かされたのは、彼の衝撃的な過去。

内心のショックを押し隠し、昨日も読み返した本の『相手の話をじっくり聞き、不安や恐怖を受け止める』という一文を思い出し、彼を安心させる言葉を一生懸命探した。

声を震わせながら勇気を振り絞って話してくれた崎本くんを見ていると、胸が痛んだ。話を聞くだけでなく、私がなんとかしてあげなくちゃ、と強く思った。

崎本くんは私のことは怖くないと言ってくれた。それって私には心を開いてくれたってことだよね。嬉しくて泣きそうになった。

崎本くんと夜の公園で花火をしたあと、また学校で少しずつ話すようになった。あの日、腹を割って話せたから話しかけやすくなった。

でも、日に日に私の心は暗く沈んでいく。学校ではうまく笑えず周りの人に心配されてばかりになっていった。

――私、もうすぐ死ぬんだ。

おいしいものを食べているときや、友達と笑い合っているときなど、小さな幸せを感じるたびにそれが頭をよぎるのだ。

もうすぐ死ぬかもしれないのに、私はなにをやっているんだろうと、ふとした瞬間に茫然自失となってしまう。

死ぬ一週間前にもなると、意味がない気がして薬を飲むのもやめた。どうせこんなものを飲んでも死ぬのだから。

十二月十一日。

私にとってはおそらく最後の日曜日。父と母に頭を下げて、どうしても家族で旅行に行きたいと懇願した。

最後に家族で旅行に行ったのはたしか二年前。本格的に受験シーズンが始まる前に、家族旅行に行きたいねと以前話していたが、もう私には時間がない。

「私、来年の春まで生きられるかわからないんだよ？　だから、今、皆で旅行に行きたい」

この言葉が決め手となった。病気のことを持ち出すと両親は私になにも言えなくなる。ちょっと可哀想な気もしたけど、そうするしかなかった。

結局、平日に皆で近場の温泉旅行に行くことになった。

火曜日、朝早くから父の運転する車に乗って家族四人で旅館に向かった。一応学校には体調不良でしばらく休みますと告げた。もう学校へ行くことはないだろうと思った。

友人たちにもグループトークで知らせておいた。もしかしたら二学期はもう学校へ行けないかも、と。

送ったあとは携帯の電源を切った。今日と明日は、家族と最後の時間を大切に過ごしたい。

広い温泉に浸かりながら、人生について考えた。

子どもにとって大人になることは、無条件に約束されたものだと思っていた。

でも、そうじゃなかった。私は中学生で余命宣告に等しい病気を告げられたし、外に目を向けてみれば私より幼い子だって病気や事故や殺人、戦争で亡くなっていたりする。

病が発覚するまで、私は命について考えたことなど一度たりともなかった。死なんて私には一切関係のない、おとぎ話のような実体のないふわふわした遠い存在だった。

ある意味では病気が発覚してよかったかもしれないと今は思う。だって、私がこれまでいかに能天気に生きてきたのかを知ることができたから。

崎本くんが話していた不老不死のクラゲのことがふと頭をよぎる。あのときはまだ気持ちに余裕があったから、人生をやり直したいなんて思わないと言ったけれど、今はどうしようもなくクラゲが羨ましかった。

私は、生きたかった。

「お姉ちゃん、大丈夫?」

はっと顔を上げると、妹が私の顔を覗いていた。琥珀色のお湯に浸かりながら、私は涙を流していた。

「大丈夫。次は露天風呂に行こっか」

涙を拭ってざばっと立ち上がり、広々とした石造りの浴槽から出る。今は暗いことは考えず、最後の家族旅行を満喫しよう。


いよいよ明日、私は死ぬらしい。

仮に予言が外れたとしても、遅かれ早かれ私は病によって死ぬのだ。今はもう、どうなったって構わないと投げやりな気持ちに支配されていた。

夜、寝る前に携帯の電源を入れた。ずっと放置していてすっかり忘れていた。

ＬＩＮＥのメッセージが百件以上溜まっていた。クラスメイトとのグループに、友人たちからの私の身を案じるたくさんのメッセージ。

『莉奈～。学校来るの待ってるよ』

『莉奈、大丈夫？　連絡ないから心配だよ』

驚きつつも胸が熱くなって、これ以上心配をかけないようにグループトークに、

『本当は家族旅行に行ってました。明日からまた復帰します』

と送った。直後、関川くんから犬のキャラクターがメモを取るスタンプが送られてきた。

旅行前はもう学校へは行かないつもりだったけれど、皆のメッセージを見てやっぱり学校へ行こうと心に決めた。最後の日も特別なことはしないで、普段どおり過ごして死ぬのが理想だ。

そのとき、未読が一件消えていないのに気づいた。それは、崎本くんからのものだった。

『明日の午前中、水族館で会いませんか？』

文面を見た瞬間、じわりと涙が浮かんで視界がぼやけた。最後に会いたいと思っていたから、初めての彼からの誘いに嬉しくて携帯を持つ手が震えた。

もちろん断る理由などない。死ぬ前に、自分が彼になにかできることはないだろうかとずっと考えていた。でもなにも思いつかずに今日まで来てしまった。

――明日、絶対に会おう。彼に精一杯自分のやれることをやるんだ。

急いで机の上に置きっぱなしにしていた女性恐怖症に関する本を開き、もう一度頭から読んでいく。

時間を忘れて読みふけり、気づけば朝になっていた。

心配してくれた友人たちには申し訳ないけれど、学校へ行く気持ちは吹き飛んでいた。

それよりも、私は死ぬ前に、崎本くんに伝えなければいけないことがある。

女性恐怖症のこと。人には誰だって怖いものはある。私もそう。高いところが一番苦手。恐怖は克服できるのだと彼に伝えたい。

女性である私に、彼は真実を包み隠さず話してくれた。きっと誰にも知られたくなかったはずなのに。

崎本くんは私のことは平気だと言ってくれた。だったら、私にできることはないだろうかと、必死に考える。

本当なら時間をかけてゆっくりと克服するべき問題だと思う。でも、私には時間がない。強引なやり方かもしれないけれど、これしかないと思いついたことがあった。

それと、私の気持ち。せっかく彼から誘ってくれたのだ。やっぱり彼に好きだと伝えたい。

本当はこの気持ちはずっと胸の中にしまっておくつもりだった。だって、治る見込みのない病を抱えた女に好きだと告げられても迷惑だと思ったから。でも、死ぬ前の最後のわがままとして、許してほしい。

——たとえ病人だろうと、好きだと伝える権利はある、よね。

これも本当ならもっと時間をかけて、少しずつふたりの距離を縮めて、最高のシチュエーションで伝えるべきだと思う。でも私には時間がない。最後に会えるなら後悔だけは残したくないから、どうしても伝えたい。

それしか考えられなくて、今となってはなぜ今までこの思いに至らなかったのだろうと不思議でさえあった。

私は、崎本くんと、最後は水族館で会いたかった。

『返事遅れてごめん。もう学校だよね、きっと。学校終わってからでいいから、水族館で待ってるね』

気づけば昨日、崎本くんに私は返事をしていなかった。あわてて彼に、そうメッセージを送った。この計画を成功させるには少しでも時間が必要だった。急いで水族館へ向かわなくては。

軽くメイクをしてから一番お気に入りのコートを羽織った。姿見で入念に服装をチェックしてドアノブに手をかける。

ふと机の上に飾ってある一枚の紙切れが目に入る。職場体験でもらった、あの無料チケット。いつか崎本くんと使おうと思っていたけれど、それも叶わなそうだった。

私はそれをお守りとして鞄の中に入れた。崎本くんに会うまでは、発作を起こしませんように、と祈る。

外は雨が降っていたので新しく購入した水玉の傘を差してサンライズ水族館へ向かう。

水族館に到着した頃、雨は止んでいた。

崎本くんに恐怖症は克服できると伝えるために、私にできること。

よくよく考えてみると、私にも怖いものはたくさんあった。高いところに狭いところ。虫や注射、歯医者にお化けも苦手だ。

そこで思いついたのが観覧車だ。幼稚な発想かもしれないけど、高所と閉所が大の苦手な私が恐怖を克服して観覧車に乗れたら、崎本くんも勇気を持ってくれるかもしれないと思った。

こうして急いで来たのも、いきなり観覧車に乗れるとはとても思えないから、先に何度かひとりで乗って免疫をつけておこうと考えたからだった。

崎本くんが来るまでまだ時間がある。

傘を閉じて、ゆっくりと回る観覧車に向かい、真下から見上げる。高い。てっぺんは空に吸いこまれるほどの高さだ。

今からこれに乗るのかと思うと恐怖で足がすくんだ。観覧車なんて人生で一度も乗ったことがない。まあ、その人生ももうすぐ終わるんだけど。

しかし勇気が出なくて、私はそこで二時間も立ち尽くしていた。足が地面に打ちつけられたみたいに、動いてくれなかった。

とりあえずベンチに座り、そこで崎本くんからメッセージが届いていたことに気づく。どうやら彼はもうこちらへ向かっているらしい。震える手で返信を打った。

『ごめん今気づいた！　私ももういるから、外の観覧車のところまで来て！』

走ってやってきた崎本くんと合流する。彼は私の体調を心配してくれたけれど、大丈夫だと告げて本題に入る。あとどのくらいの時間が残されているのかわからないから、とにかく急いだ。

詳しい説明はあと回しにして、チケットを彼に渡して観覧車に乗った。もう、やけくそだった。

空の旅は、恐怖でしかなかった。こんなものに好き好んで乗る人の気が知れない。私は、「怖くない、怖くない」とひたすら繰り返した。

観覧車から降りると、またベンチに腰掛けた。彼に一から説明し、恐怖症は克服できるのだと伝える。

慣れが大事だから好きな人をつくって、恋人をつくれば大丈夫だとも告げた。

私の気持ちは伝わっただろうか。

こんなに頑張ったのだから、彼の未来が明るいものになればいいと願った。でも、そのとき彼の隣にいるのが私じゃないのかと思うとなんだか泣けてきて、堪えていた涙が零れて止まらなかった。崎本くんは戸惑っていたけど、構わずに泣いた。

雨が降ってきたので水族館にふたりで入った。伝えたいことはあとひとつ。

耳の奥で心臓が鳴るのを聞きながら回遊水槽の前のベンチに並んで腰掛け、落ち着くのを待ち、いよいよ気持ちを伝えようとしたとき、ついに恐れていたタイムリミットが来てしまった。再び呼吸困難に陥り、私の体は崩れ落ちる。

いやだ、まだ死にたくない。この病気は、どうしていつも私の邪魔ばっかりするの？　私は彼に伝えなきゃいけないことがあるのに。

胸の苦しさと、どうにもならない悔しさの中で、涙が込み上げる。

遠のいていく意識の中で、いつか崎本くんと話したことを思い出した。

――人って死んだらどうなると思う？

――無なんじゃないかな、たぶん。死んだらその瞬間に終わりだと思う。天国も地獄もなくて、ただの無。

本当はどうなんだろう。これから確かめに行けばいいかと、私は目を瞑った。閉館を告げるオルゴールの音が耳に届く。

意識を失う直前、手にぬくもりを感じた。

その手は震えていたが、確かな温かさに恐怖が遠のいていった。

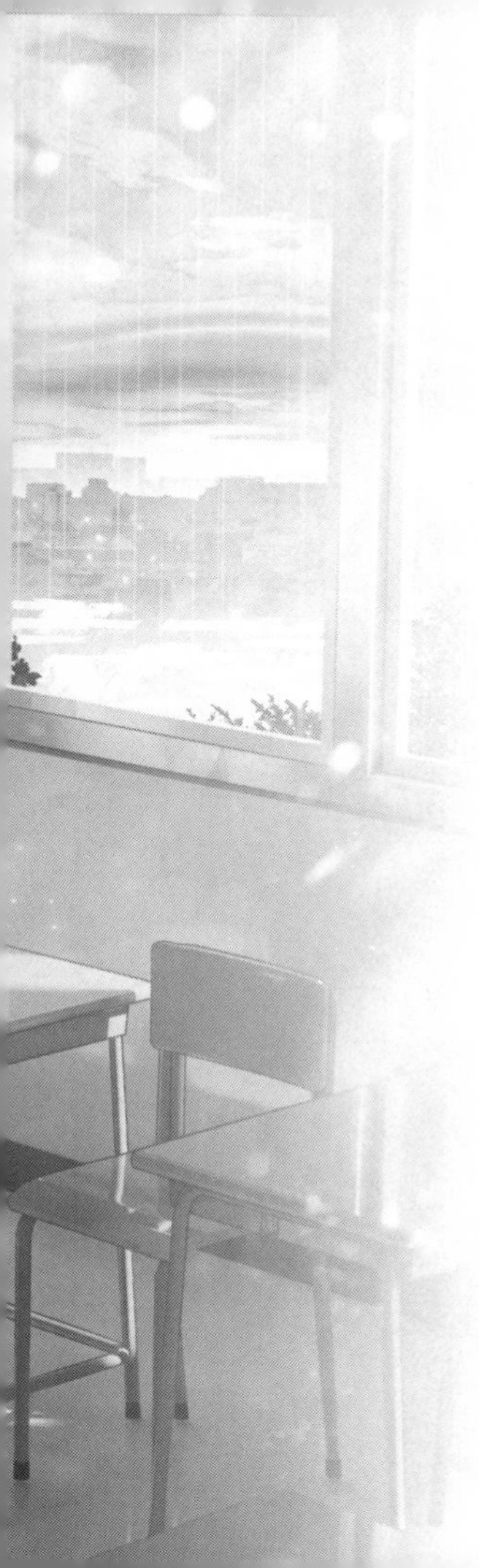

エピローグ

鈍痛が酷くて目を覚ました。

十二月十六日の朝、時刻は間もなく六時を回ろうとしていた。

体を起こし、姿見の前で全身を確認する。

そこに映っていたのはいつもと変わらない自分で、体が透けているわけでもないから幽霊ではなさそうだ。

いったいどうなっているんだろう。一旦ベッドに腰掛け、記憶を整理する。

昨日は学校を早退したあと浅海と観覧車に乗って、そのあと雨が降ってきたので水族館に移動した。浅海に気持ちを伝えようとしたが、彼女は突然発作を起こして死神の宣告どおり命を落とした。

救急車が到着する前に俺は水族館を出て、雨が降りしきる中をひたすら歩いた。するとクラクションが鳴って、気づいたときにはもう遅くて、俺は車に轢《ひ》かれた

――いや、轢かれそうになっただけだった。

ワゴン車は俺の数センチ手前で止まり、俺は転倒した際に右膝を負傷しただけで済んだ。

降りてきた運転手に怒鳴られ、足を引きずって家に帰った。ずぶ濡れになった衣服を洗濯機に突っこみ、泣きながらシャワーを浴びた。右膝の傷が痛くてしんどかったのを覚えているが、そのあとの記憶がない。

今、膝の痛みで目を覚まし、俺はベッドの上にいる。泣きすぎてまぶたが重かった。冷静になっても、なぜ俺は今生きているのかさっぱりわからない。俺は昨日死ぬはずだったのだ。でも、死ななかった。花音に連絡をしてなにか俺に関するニュースがなかったか聞こうと思ったが、携帯は昨日の雨に濡れて電源が入らなくなっていた。

まさか俺の計算ミスで一日ずれていたのだろうか。いや、何度も確認したからまちがいない。じゃあ、いったいどうして――。

自問自答を繰り返しているうちに起きる時間になって、とりあえず部屋を出て階段を下りる。

「おはよう。体調は大丈夫なのか？」

リビングで朝刊を広げ、コーヒーを啜っていた父が口を開いた。

「……うん、大丈夫」

「そうか。昨日は朝ご飯、ありがとう。今日はパン買っておいたから食べなさい」

「ありがとう」

父と会話をしているのが不思議だった。いつもと変わらない当たり前の光景が今は新鮮に思えた。

パンを食べ、納得がいかないまま家を出た。なんだか現実感がなく、ふわふわしたような気持ちで、おかしいなぁ、とぶつぶつ呟きながら。

明け方まで降り続いていた雨は上がり、まだ少し曇ってはいるものの時々太陽が顔を覗かせている。

水滴が付着したサドルをさっとハンカチで拭き取り、痛む右膝を労わってゆっくりと自転車を漕いでいく。

俺の姿、見えてますよね。すれちがう人に聞いてみたくなる。自転車はちゃんと漕げているし、足の痛みも感じるからやっぱり夢でも幽霊でもなさそうだ。信じられないが、本当に俺は生きているらしい。

急に水族館での別れが蘇る。自分が死んでいなかった驚きが止むと、ようやくじわじわと彼女を喪った痛みが降りかかってきた。

深い悲しみと後悔に襲われ、出しきったはずの涙が溢れてくる。

俺にとって彼女は太陽のような存在だった。人は太陽を失ったら、生きてはいけない。俺も同様にこの先生きていく自信がなかった。

無意識のうちに駐輪場に自転車を停めて校内に足を踏み入れていた。周囲を見渡しても、浅海の姿はない。いないとわかっていても彼女を捜してしまう。嘆息して階段を上がる。

一歩一歩が重たかった。おそらく朝のホームルームで浅海の死が伝えられる。平常心でいられるだろうか。

また涙が出そうになって堪えながら自分の教室に着き、周りを見回す。

当然だが、浅海の席には誰もいなかった。

なにかの奇跡が起こって、彼女も助かっていないだろうかと少しでも期待した自分が滑稽だった。

がっくりと肩を落として自分の席に座る。気のせいだろうか、教室内がいつもより騒がしい。もしかすると何人かの生徒の耳にはもう浅海の訃報が届いているのかもしれなかった。生徒たちのこわばった表情がちらほら見受けられる。

「崎本くん。二百円の情報があるんだけど、買うかい？」

関川だけは通常営業だった。情報通の関川が浅海の死を知らないはずがない。まさか彼女の死をたったの二百円で売る気なのだろうか。

怒りに握った拳が震える。俺は関川を睨みつけて、「浅海が死んだことなら知ってるよ」と吐き捨てるように言って席を立った。騒がしい教室を抜け出して、どこかひとりになれる場所へ行きたかった。

教室を出てすぐ、俺の足が止まる。同時に思考も停止して、頭の中が真っ白になった。

視線の先、今まさに教室に足を踏み入れようとしていた彼女は、目が合うと気まずそうに顔を逸らした。

俺は自分の目を疑った。声を失い、呼吸まで忘れそうになる。
「おはよう」と彼女は小さく微笑んだ。
そこにいるはずのない彼女。
聞こえるはずのない声。
もはやこの世に存在し得ない俺の太陽が、数歩先にいる。
「昨日はごめんね。ちょっと無理をしすぎたみたいで」
浅海莉奈の姿をした誰かが話している。
「崎本くん？　話、聞いてる？」
彼女は小首を傾げて俺の顔を覗きこむ。
思わず手を伸ばし、浅海の頬に触れる。しっかりとした体温が手のひらに伝わり、
幻でも幽霊でもないことが確認できた。
「なにしてるの？」と浅海は照れたように笑う。もう二度と会えないと思っていた浅
海が、目の前にいる。
そう思うと胸が震えた。
「……なんで？」
やっとのことで、か細い声を絞り出す。
「なにが？」と浅海は聞き返す。その柔らかい声に、じんわりと目頭が熱くなる。

「いや、だって。え？　なんで？」

頭が混乱してそんな言葉しか出てこない。視界がにじみ、ぽろぽろ涙が零れ落ちる。人前で、ましてや浅海の前で泣くなんて情けないけれど、今は涙を拭う余裕すらなかった。

「えっとね」

浅海はなにか察したのか、顎に手を置いて思案顔になる。彼女の瞳にも、うっすらと涙が光っていた。

「崎本くん、私の寿命、昨日だと思ってたんでしょ」

「え……」

浅海の思わぬ発言に口を噤む。どうして浅海がそれを知っているのか、そもそもなぜ無事だったのか、頭の中がぐちゃぐちゃだった。

「……私も死んだと思ったよ。でも、病院に着いた頃にはいつもみたいに発作が治まったんだ。病院で少し休んでからお母さんが迎えに来てくれてさ。なんか、心配かけてごめんね」

俺と同じように腑に落ちないといったような顔をして、浅海は言った。

チャイムが鳴ったのはその直後。ふたりで顔を見合わせたまま固まっていたが、俺は涙を拭ってから踵を返して自分の席へ着く。

なにが起きたのかわからないけれど、とにかく浅海は生きていた。胸の中が喜びで満たされていく。胸が熱くなり、俺は俯いて再び溢れそうになる涙を堪えた。

やがて担任が教室に入ってくる。その表情は曇っていた。

「はい、おはよう。えー、知ってる人もいると思うけど、昨日の放課後、学校の近くで一年生の生徒が事故に巻きこまれて亡くなりました――」

教室が水を打ったように静まり返る。俺はまったく予想外の訃報に目を見開いた。

担任は険しい顔をして事故の詳細を淡々と説明した。亡くなったのは一年の男子生徒で、昨日の放課後、下校中に悲劇は起こったそうだ。

亡くなった男子生徒は、放課後バスに乗って帰宅した。乗車して数分後、運転手が発作を起こして意識を失い、バスは中央分離帯に接触して横転。死傷者は計十四人。亡くなったひとりはうちの生徒だった。

その話を聞いて心を痛めたのはもちろんだが、なにか違和感を覚えた。

事故があったバス、時間。よく考えてみると俺も浅海も、本来ならその時間のバスに乗っているはずだった。

昨日は朝から雨が降っていた。俺は雨が降る日は自転車を置いて、バスを利用して登下校する。だから昨日ももしあのまま放課後まで学校にいれば、下校時もバスを利用するはずだったのだ。毎日バス通学の浅海は言うまでもない。

しかし、俺と浅海はその時間、水族館にいた。俺が浅海を誘って、それに応えて彼女が来てくれたから。

まさか、だから死を防ぐことができた……のだろうか。

もしかして俺たちがふたりとも同じ日に死ぬ予定だったのは、本当はふたりともそのバスに乗っていて死ぬ運命だった……？

そう考えれば辻褄が合う。俺たちはそのバスに乗らなかったから死を回避できた。

それ以外考えられなかった。俺は亡くなった被害者を思って瞑目した。

その日は一日中心がざわついていて落ち着かなかった。終鈴はとっくに鳴っていたが、腰が重たくて立ち上がれなかった。

「崎本くん、これ、私の机の中に入ってたんだけど」

ふいに声をかけられ、振り返ると浅海が一枚の紙切れを手にしていた。

「あっ」

「大事な話があるって書いてあるんだけど、それ聞いてもいい？」

数日前、朝早くに登校して浅海の机の中にこっそり手紙を入れていたのをすっかり失念していた。

「いや、それは……えっと……」

瞬時に大量の汗が噴き出る。浅海とは問題なく言葉を交わせるようになったけれど、気持ちを伝えるのはまだハードルが高い。

手紙を机の中に入れたときは死を覚悟していたから大胆な行動がとれただけで、今は話が別だ。ハンカチで汗を拭いながらどう言い逃れようか思案する。

「あ、ごめん。言いにくいことなら大丈夫だから」

浅海は申し訳なさそうに言って教室を出ていく。

「ちょっと待って！」と俺は腰を上げて彼女を呼び止める。

「……今は無理だけど、いつか必ず言うから。ちゃんと克服できたら」

なにをとは言わない。言わなくても伝わると思った。

「うん！　待ってる！」

これ以上ないくらいの笑顔で浅海は頷いた。

途端に汗は引いていき、俺は安堵して自分の椅子に腰を下ろした。これが今の俺の精一杯。

まだしっかりと目を見て話せないから、そんな状態で告白なんてしたくなかった。

荷物をまとめて俺も教室を出る。昇降口には関川の姿があった。

「あれ、まだいたんだ」

「あ、うん。ちょっと体育館で遊んでた。そういえば朝、浅海が死んだとかなんとか言ってなかった？」

「ああ、冗談だよ、冗談」

関川の背中をポンと叩いて靴を履き替える。俺も「そういえば」と彼に言葉を投げかける。

「朝さ、二百円の情報があるとかなんとか言ってなかった？」

あれはなんだったのだろうとふと思い出した。財布から二百円を取り出して彼に手渡す。関川も今思い出したようで、にやりと気味の悪い笑みを零して耳打ちしてくる。

「レッドストーンズ……活動再開するらしいよ」

「へ？」

「また一緒にライブ行こうぜ」

俺の肩をばんばん叩いて嬉しそうに関川は去っていく。ついに浅海のネタは尽きてしまったのか、いつの間にか彼は事業を拡大していた。

家に帰ってから調べてみると、レッドストーンズは残された三人で年明けに予定どおりメジャーデビューするらしかった。リュウジさんの自宅から彼が作成した楽曲が発見され、毎年彼の命日に発表すると記事には書かれている。

ギターはボーカルのショウヤさんが兼任するとのことで、俺は「よかったよかった」と誰もいない部屋でひとり呟いた。

よかったですね、リュウジさん。部屋の片隅に鎮座している彼のエレキギターに、そう語りかけた。

時間がないからと諦めていたが、しっかり練習してみようと決意した。

やがて二学期の終業式を迎えた。全校集会で、亡くなった生徒に黙禱を捧げ、俺たちは冬休みに入った。

先日新しい携帯を購入し、ふと思い出して俺が死んだと思っているであろう花音にメッセージを送った。

頭の上に天使の輪っかをつけた幽霊が満面の笑みでピースをしているスタンプを、深夜に三十個くらい連続で送ってみた。

『え？』

『ちょっと待って』

『怖い』

『無理』

立て続けに花音から返事が送られてきたので、苦笑しながら事情を説明してやった。浅海も俺と同じ日に死ぬ運命だったことや俺が女性恐怖症だったこともすべて打ち明けた。

『すごいです……！　愛の力によってふたりは助かったんだと思います！』

愛の力か。夢見がちな花音らしい見解だなと思ったけれど、『そういうことにしておこう』と返信して携帯を閉じた。

そして翌日のクリスマスイブ。俺は夕方からビーフシチューを煮込んでいた。

「うん、うまい」

味を確認して舌鼓を打つ。父はチキンやケーキを買い出しに行って、今は俺ひとり。

父が物置から数年ぶりに引っ張り出してきたクリスマスツリーが、鮮やかにリビングを彩っている。昨日の夜一緒に飾りつけもして、子どものように父ははしゃいでいた。

「ただいまー」

「お邪魔します」

ビーフシチューが完成した頃、父の声と女性の声が玄関から聞こえてきた。火を止めてふたりを出迎える。

「おかえり。それと……こんばんは」

「こんばんは。久しぶりだね、光くん。あ、そのセーター着てくれたんだ。似合ってる似合ってる」

「あ、ありがとうございます」

父の交際相手の優子さんだ。少し照れくさいけれど、今日、優子さんが俺の誕生日のときにくれたセーターに袖を通した。俺なりの歓迎の意を込めて。

浅海のおかげで女性恐怖症を克服しつつある今の俺なら、きっと優子さんともうまくやれる。だから、これからは父の幸せを応援したい。

小規模なクリスマスパーティーは二時間ほどでお開きとなり、優子さんはタクシーで帰宅した。

「ありがとな、光」

「ん？　なにが？」

「いやだから、優子さんとまた会ってくれて」

普段お酒は飲まないくせに優子さんに合わせて飲んでいたからか、父の顔は紅潮していた。

「ああ、べつに。また三人でご飯食べたり、どこか出かけたりしたいね」

「光……」

食器を流しに持っていくと、父はソファから立ち上がって涙ぐんで俺を見ていた。

「……ありがとな。前の母さんのこと、お前を守れなくてごめん」

どうやら俺の父は泣き上戸だったらしい。目元を押さえてすすり泣きはじめた。優子さんと俺の関係で悩み、さらには母の虐待から俺を守れなかったことを今でも悔んでいたのだ。父の涙を見て、もらい泣きしそうになった。

優子さんと言葉を交わすのはまだ少し緊張するけれど、慣れれば問題なさそうだった。

優子さんは母とはちがう。今までは逃げてきたが、これからは俺もふたりに真剣に向き合おうと思った。

「ごめんな」とかすれた声で呟く父の姿を見て、「俺の方こそ、今までごめん」と返した。

そして迎えたクリスマスは、浅海の誕生日だった。

プレゼントのお返しを渡そうと俺は彼女を水族館に呼び出していた。

少し早く到着してしまい、忘れていないだろうかと念のためリュックの中身を確認する。クリスマスカラーに包装された袋がしっかり納まっていた。

二日前、ひとりでデパートに行って三時間悩んだ末に俺もマフラーを選んだ。関川に連絡して浅海の好きな色を知らないかと聞くと、『知ってるけど、営業時間外だから割高だよ』と返事が来た。

三学期に三百円支払う羽目になったが、浅海の好きな色である白のマフラーを購入したのだった。

「ごめん！　待った？」

待ち合わせ時間の五分前に浅海はやってきた。今日はクリスマスらしい赤のコートに身を包んでいる。

「いや、全然。じゃあ、行こう」

受付の列に並び、順番が来るとポケットからチケットを取り出す。

「今日はこれでお願いします」

受付のおばさんに、以前もらった無料チケットを差し出した。浅海も鞄の中を漁り、同じものをおばさんに渡した。

「あのときの無料チケットね！　またふたりで来てくれて嬉しいわ」

おばさんはチケットに判を押し、俺と浅海はそれを受け取る。

「期限内に使えてよかったです」

そう返して館内へと進む。家を出る前に浅海に、『あのチケットを持ってきて』と送った。すると浅海も同じことを考えていたようで、『私も今送ろうと思ってた』と返ってきた。

今まではお守りとして持ち歩いていたが、もうお役御免でいいだろう。まさか浅海の誕生日にこのチケットを使うことになるなんて、これを受け取ったときは考えもしなかった。

まずは順番に水槽をふたりで眺めていく。いつプレゼントを渡そうか。ドキドキしながら歩を進める。

館内にもクリスマスツリーが飾られていて、浅海はその大きなツリーを見上げていた。

ひととおり水槽を眺めて歩き、最後に回遊水槽の前のベンチにふたり並んで腰掛けた。もはやお決まりとなっていて、どちらからともなくそこへ座った。

「なんか不思議な気分」

しばらく呆けたように目の前の水槽を見上げていた浅海は、ぽつりと言った。

「そうだな」

「なんていうか、私、あの日に死ぬと思ってたから。今こうして隣に崎本くんがいて、穏やかな気持ちで綺麗な水槽を眺めてることが、不思議だなって」

あの日とは、発作を起こして倒れた日のことだろう。俺は彼女の死ぬ日と知っていたが、彼女は知らないはず。彼女自身も死を予感するほどの苦しみだったのかもしれない。

「俺もだよ。浅海が死んだと思ってめっちゃ焦った。でも、死なないでくれてよかった。浅海には、この先もずっと生きていてほしいから」

言い終えて頬が熱くなった。自分が発した言葉が遠回しに告白しているみたいだったから。

ちらりと浅海の顔を覗く。彼女は俺をまっすぐ見つめて、ぷっと噴き出した。

「ありがとう。そんなまっすぐな言葉をもらったの、初めてかも。崎本くんがそう言うなら、頑張って生きてみる」

彼女は微笑むと、その頬にひと筋の涙が流れた。水槽の淡い光を反射したそれは、この世のどんなものよりも綺麗だと俺は思った。

「実は俺も、あの日死ぬ予定だったんだ。まあ、結局死ななかったけど」

照れくさくて話題を変えようとしたら、ぽろっと口からそんな言葉が零れてしまった。

「え？　そうなの？」

「うん。ゼンゼンマンにメッセージを送ったら、返事が来て、自分の余命と浅海の余命を知った」

私だけじゃなかったんだ、と浅海は呟いた。

「え？」

俺が聞き返すと、浅海は、実は私も知ってたんだ、と切り出した。どうやら浅海もゼンゼンマンに自分の余命を聞き、あの日死ぬと思っていたらしい。

「じゃあふたりともあの日死ぬ運命だったんだ……」

両腕で自分の体を抱きながら浅海は言った。

「うん。でも、ふたりとも生きてた」

俺も浅海も、死ななかった。それがすべてだった。

「あ、そうだこれ。クリスマスプレゼント」

浅海はふと思い出したように鞄の中を漁り、包装された赤い小袋を俺に手渡した。

「あ、ありがとう」

ここへ来た目的をすっかり忘れていた。まさか彼女もプレゼントを用意してくれていたとは。申し訳なさと期待を胸に抱きつつ、開封してみる。雪の結晶柄の黒の手袋が入っていた。

「ありがとう」

言いながら手袋をはめてみる。サイズもぴったりだった。

「うん、似合ってる。崎本くん、黒が好きなんでしょ？」

「好きだけど、なんで知ってるの？」

浅海は失言とばかりに口元を押さえ、やがて話してくれた。

「実は、関川くんに教えてもらったんだ。しかも、有料で」

「え、浅海も？　実は俺も――」

俺も浅海の情報を関川から買ったと話すと、ふたりで笑い合った。まさか浅海も関川に俺の情報を売られていたなんて、怒りを通り越して笑うしかなかった。

「あの……これ」

リュックの中から浅海へのプレゼントを取り出し、彼女に渡す。

「クリスマスと誕生日を一緒にして悪いんだけど、よかったらどうぞ。白が好きだって関川から聞いたから」

浅海は受け取ると、子どものように目を輝かせてプレゼントを開封する。さっそくマフラーを首に巻いてくれた。

「わっ、あったかい。ありがとう崎本くん。似合ってる?」

「うん。似合ってる……と思う」

目を伏せて感想を伝える。「ありがとう」と再度口にした浅海はマフラーに触れて目を細めた。

その姿を見て、ふいに涙が零れた。希死念慮を抱いていた俺が、浅海と一緒に生きていたいと今は心の底から思っている。ずっと女性恐怖症に苦しめられ、生きることに前向きではなかった俺が浅海との出会いで変わることができたのだ。

思えば、俺が面白半分でゼンマンに送った一通のメッセージが、ふたりの運命を変えたのかもしれない。まさかこんな結末を迎えるなんて、あのときはまったく想像もしていなかった。

少しの沈黙が流れる。俺は覚悟を決めて、あの日浅海に言えなかった言葉を口にする。

「す、好きです。俺と……俺と付き合ってください」

彼女の目をまっすぐ見て伝える。

浅海は目を丸くして俺を見つめ返す。その瞳はやがて潤み、涙で溢れる。

「私も……好き」

声を震わせて浅海は言った。彼女の涙に濡れた瞳から、光の粒が床に落ちるのが見えた。

「ほんとに？」

そう聞き返すと、浅海は無言で頷く。その瞬間に力が抜け、俺は深く息を吐き出す。

巨大水槽が視界に入る。イワシの大群が俺たちを祝福するように鮮やかに泳ぎ回っていた。

この先、浅海の病状はどうなるかわからないけれど、なにがあっても彼女を支えると俺は決意した。

「……生きててよかった」

浅海はマフラーに顔を埋め、ぽつりと呟く。ぼろぼろ涙を零し、幸福に満ちた表情で笑っていた。

その後ろでは、幻想的な光の中を、ふわふわと舞うようにクラゲたちが泳いでいる。

いつもとはちがうクリスマスらしい雰囲気に染まったクラゲたちは、俺たちを祝福するかのように生き生きと、鮮やかに輝いていた。


浅海のドナーが見つかったのは、それから半年が過ぎた頃だった。俺と浅海は三年に進級したが、春休み前から彼女の病状が悪化し、入退院を繰り返していた。

そして六月の末、浅海のもとに一本の連絡があった。

移植手術を受けるか否か。浅海は迷うことなく受けると答えたそうだ。

――崎本くんがそう言うなら、頑張って生きてみる。

あのとき水族館で交わした言葉は、嘘ではなかったのだ。

浅海の手術前日。俺はゼンゼンマンに一枚の写真を添付してメッセージを送った。以前、引退すると宣言していた彼だが、最近復活したと、まことしやかに囁かれていた。

送ったのは、数日前に病室で浅海と撮った写真。

数時間後に携帯を確認してみると、既読はついていたが、ゼンゼンマンからの返事はなかった。

――死神は、寿命が見えた人にしか返事を送らない。

携帯を握りしめたまま、俺は安堵のため息をついた。

あとがき

本作でシリーズ三作目となりましたが、個人的には一番好きなお話でした。主人公の崎本光という少年は学生の頃の僕にどこか似ていて、懐かしさに浸りながら執筆していました。

恐怖症とまではいかないものの、当時は女性と話すのが苦手でした。汗をかいたり、耳が赤くなったり、思うように言葉が出てこなかったり。ヒロインの浅海莉奈のような遠慮のない女子生徒に手を焼いたこともありました。

終始崎本の言動に共感し、応援しながら楽しんで書き進めていきました。前作は思うように筆が乗らず、頭を抱えて苦しみながら執筆をしていましたが、今回は自分に似た主人公になったおかげかそれほど苦ではありませんでした。

今はとにかく三作目を出せてほっとしています。元々プロットを書くのが苦手で、二作目を出す前はなかなかプロットが書けず、デビューして早々引退かと思ったほどです。今は四作目、五作目の予定もあるので、もう少し小説家でいられそうです。

話は変わりますが、本作の執筆中に僕にとってとても身近な人が亡くなりました。その人は五年前に脳の病気で倒れ、それからずっと意識がなく、僕が小説を書き始めたことも、小説家になったことも知りません。

僕の小説を一番に読んでほしかったし、小説家になったことを一番に伝えたかった人でもあります。

もう意識は戻らないと医師に言われていたので、僕の中では五年前にその人は死んだも同然でした。もう何年も前から覚悟はできていたので、亡くなったと聞いたときも、「ああ、そうなんだ」と冷静でいられました。

でもやっぱり、その人が僕の本を読んだ感想を聞きたくて、花と一緒に棺の中に一冊だけ入れておきました。

きっと天国で読んでくれていると思います。感想を聞けないのは残念ですが、少しだけ心が軽くなった気がしました。

いつか天国で再会できたら、「どうだった？」と聞けたらいいなと思います。

先ほどシリーズ三作目と言いましたが、本作から手に取ってもまったく問題ありません。ですが、二作目の『余命99日の僕が、死の見える君と出会った話』を読んでからの方がより楽しめる内容となっております。

特に本作の結末に納得がいかない方には、ぜひ二作目を読んでみてほしいです。

謝辞

担当編集者の末吉さん。いつも的確な指摘やアドバイスをいただき、毎回助けられています。

今回も素敵なイラストを描いてくださった飴村さん。作品の世界観をこれでもかというくらい表紙に詰めこんでいただき、毎度のように驚嘆してしまいます。

執筆中に何度か水族館に足を運び、些細な質問に答えてくださった飼育員の方にも感謝いたします。

ほかにもこの作品に携わってくださった皆様。そしていつも応援してくださる読者の皆様。本当にありがとうございます。

『よめぼく』シリーズか、また別のお話になるかはわかりませんが、次の作品も読んでもらえたら嬉しいです。これからも頑張ります。

森田碧

参考文献

『最新 クラゲ図鑑 110種のクラゲの不思議な生態』三宅裕志・Dhugal J・Lindsay著（誠文堂新光社）
『不老不死のクラゲの秘密』久保田信 著（毎日新聞出版）
『職場体験完全ガイド 水族館の飼育員・盲導犬訓練士・トリマー・庭師』（ポプラ社）
『脳死・臓器移植Q&A50 ドナーの立場で〝いのち〟を考える』山口研一郎 監修 臓器移植法を問い直す市民ネットワーク 編著（海鳴社）
『子どものトラウマがよくわかる本』白川美也子 監修（講談社）

余命《よめい》88日《にち》の僕《ぼく》が、同《おな》じ日《ひ》に死《し》ぬ君《きみ》と出会《であ》った話《はなし》

森田碧《もりたあお》

2022年12月5日初版発行
2024年2月14日第2刷

発行者……………加藤裕樹
発行所……………株式会社ポプラ社
〒102-8519 東京都千代田区麹町4-2-6

フォーマットデザイン　荻窪裕司(design clopper)
組版・校閲　株式会社鷗来堂
印刷・製本　中央精版印刷株式会社

落丁・乱丁本はお取り替えいたします。
ホームページ (www.poplar.co.jp) のお問い合わせ一覧よりご連絡ください。

ポプラ文庫ピュアフル

ホームページ　www.poplar.co.jp

N.D.C.913/283p/15cm
ISBN978-4-591-17584-2
P8111346

シリーズ累計20万部突破!!
一気読み必至！　著者渾身の傑作。

いぬじゅん
『この冬、いなくなる君へ』

装画：Tamaki

文具会社で働く24歳の井久田菜摘は仕事もプライベートも充実せず、無気力になっていた。ある夜、ひとり会社で残業をしていると火事に巻き込まれ、意識を失ってしまう。はっと気づくと、篤生と名乗る謎の男が立っており、「この冬、君は死ぬ」と告げられて……？　ラストのどんでん返しに衝撃と驚愕が待ち受ける、究極の感動作！　著者・いぬじゅんの累計20万部突破の大人気「冬」シリーズ、1作目。